【增訂版】

觀城記

#hong kong
#taipei
#city

天航 著

{ 增訂版序 }

明天會更好嗎？
一切視乎今天的選擇。

不知由何時開始，香港和台灣組成了一個「命運共同體」，猶如一面分隔兩個世界的鏡子，互相看著彼城的倒影。

我在台北信義區的咖啡店坐下，鄰桌來了兩個客人，其中一個是香港人，嚷著怪腔怪調的國語：

「你知道有多荒謬嗎！最近在香港發生的新聞，都是離奇得超出想像……竟然一打開水龍頭就是鉛水……」

不知何時開始，香港人一見面，罵的都是政府，談的都是政治問題。

咖啡香撲鼻，我淺嚐一口，看著落地窗外的 **101** 大樓，靜享這個悠閒的下午。我打了個呵欠，鄰桌的港男仍在喋喋不休，他講的我都清楚，有如念誦舊新聞般陳腔濫調。以前我在香港，也有諸多不滿，常常發牢騷，現在遠觀故城，反而懂得欣賞香港的優點。

台灣人都很羨慕香港人的高薪資水平，覺得香港人有很廣闊的國際視野。台灣人都會抱怨，說台灣是個「鬼島」。但是，你問一個台灣人：「要不要離開台灣？」我肯定，大多數人的答案都是否定的。

對大多數香港人來說，這問題的答案都是一樣的。

縱有千般不滿，我們還是對這片土地充滿感情。

我曾在書中妄下判詞：香港人缺的不是錢，而是人情味，一種互相體諒的精神。（而台灣人缺的是錢。）

香港人真的沒有人情味嗎？

在「雨傘革命」[1]發生的時候，我目睹很多穿著襯衫的中年人，雙手托著紙箱，有的箱裡是紙巾，有裝滿沉重的蒸餾水，跨過了天橋，給學生送上物資；我在港鐵車廂，也看見有人爭相讓座給孕婦；良心餐廳的東主派飯、善心烈女捐肝給同事……這些溫暖人心的故事，都在香港發生。

只要有人的地方，就會有人情味，只是等待醒覺。

《觀城記》初版於二〇一三年七月面世。

距離當時，我又在台灣待了四年。

當年寫這些觀察民生及時事的文章，回頭一看，竟然沒提及台灣的健保制度。短短四年，台灣的社會運動又有了更大的進展，這方面都是我想補充的內容，所以就趁著這次再版的機會，增訂兩篇新文章。

1／「雨傘革命」是指發生於二〇一四年九月二十六日至十二月十五日期間，一場緣起於爭取「真普選」訴求的公民抗命運動，參與者自發佔據香港多處主要街道，包括中環、添馬艦、金鐘、灣仔、銅鑼灣、旺角及尖沙咀等，發起靜坐及遊行。由於參與者在運動期間受到警方以胡椒噴霧驅趕，他們遂使用雨傘作抵擋，媒體因而稱此運動為「雨傘革命」。

香港人覺得香港沒希望，台灣人覺得台灣沒希望……

我始終懷著最大的希望，祈求明天會更好——

明天會更好嗎？

一切視乎今天的選擇。

如果人人都袖手旁觀，甚至連年輕人都失去了追求改變的熱情，這個社會就真的沒希望了。

謹將此書獻給你——

一個有可能改變香港的人。

天航

二〇一七年初春

{ 初版序 }

我們一旦選擇了沉默，
就要接受沉默的後果……

BE RICH OR LEAVE.

——這是描述香港現況的警世箴言。

我處身在一個大眾眼中的「夕陽行業」，難以成為有錢人，所以只好離去了。

對我來説，全地球只是一條村，只要抱著這個「地球村」的概念，住在哪裡也不是問題。

現代人工作，可以逾越地理上的局限。傳一份檔案，可以光速送達天涯海角。

有個自稱三流江湖術士幫我算過命（通常自稱「三流」的，往往是世外高人；而自誇是「一流」的大師，都是不過爾爾、偷雞摸狗之徒），我這個人就是好動兒，驛馬星動，離鄉別井才會發大財。

渴望效法姆明谷的史力奇，到處去流浪，追著風兒跑……

本人出道時，寫在「作者簡介」的胡言亂語，沒想到成真了。

住過香港，住過加拿大，現居台北市……

我悟出了一個道理——

世上沒有最好的地方，只有最適合自己的地方。

我選擇了離開香港。

現在，畢竟只是個旁觀者，再説甚麼都只像是局外人的「風涼話」。可是，我始終對這個成長的地方有感情，恨鐵不成鋼，希望香港可以變得更好。

我很喜歡台灣。

我卻不喜歡現在的香港。

隔著一片海峽，映照出兩座城市不同的風光，有如《鏡花緣》[1]裡的塵世及奇境，風土人情歧異，遙遙相照，光影互鑑。

香港只是世界地圖裡的一個小圓點，可是在世界排名榜上，香港擁有眾多個「第一」。

譬如，港口吞吐量世界第一、樓價世界第一、都市治安世界第一、宜居都市世界第一、機場質素世界第一……

有時，香港不是全球第一，就是倒數第一，極為弔詭。

根據美國傳統基金會[2]的評分，香港是「全世界最自由的經濟體」，與新加坡同樣名列前茅。可是，在二〇一二年蓋洛普[3]公布的調查結果，對比其他國家，香港人和新加坡人都是最不快樂的人，偏偏此兩地的政府都奉自由市場經濟為圭臬。

1/《鏡花緣》是一部中國古典長篇神魔小說，作者為清代著名小說家李汝珍。全書交錯述說唐代武則天女帝的事迹、百花仙子遭謫降人間，以及秀才唐敖在海外遇上奇人怪事的種種經歷。

2/傳統基金會（**The Heritage Foundation**）成立於一九七三年，總部設於美國首都華盛頓哥倫比亞特區，為美國保守派新右翼分子的主要政策研究機構。

3/蓋洛普（**The Gallup Organization**）為一所全球知名的民意和商業調查及諮詢機構，由美國著名社會科學家喬治·蓋洛普（**George Gallup**）博士於一九三〇年代創立，專長用科學的方法測量和分析選民、消費者和員工的意見、態度和行為。

甚麼排行榜都是假的，自己的感覺才是最真切的。

——你快樂嗎？

——生活壓力大嗎？

——對未來充滿希望嗎？

自由市場經濟，難聽的說法，就是一切以財為重、唯利是圖。

我本身學過一點經濟，從不認為自由市場是萬惡之源，因為這才是最貼合赤裸裸的人性本質。

我只是覺得，在賺錢以外，尚有一些緩衝的空間，該有一點人情味。

本書結集的短篇故事，亦算是我初移居台灣生活兩年半來的見聞錄。

和很多憤慨的年輕人一樣，我曾經天天黑著臉，意志消沉，怨天尤人，認為未來沒有希望。

可是，來了台灣之後，我漸漸改變了，一念之差，天堂地獄。

比起很多香港人，我不算富有，依然買不起房子，但我重獲了快樂，尋回了自己。

〔對，當然也遇見了不嫌我窮，而願意跟我白頭偕老的 E 小姐。〕

窮到天天到便利店吃便當，也可以過得很爽……

關鍵，是一個人的信念和價值觀。

最大的荒謬，就是有錢而不快樂，借一本暢銷書的書名，就是《窮得只剩下錢》[4]。

我很喜歡一個詞組——「鍍金的繁華」。

鍍金的金，只是表面好看，並不是真金，一遇紅火，頃刻熔滅。

香港人——應該說是世人——太重視短期的利益，而忽視了長遠的大利，透支未來，禍延後代。

富貴真如浮雲，慣了風光的大人，很難再吃苦，餘下的人生就會一蹶不振。在繁耀中墜落的星星，最令人感傷，只剩一堆沉淪在宇宙裡的星塵。

價值觀，是一個人在成長期間形成的思維，根深柢固，所以我要改變一個成年人的價值觀很難。我寧可學愚公那樣移山，寧可彎著腰在大海撈一根針，也不會妄想改變一個成年人的價值觀。

香港很多的大人都不愛看書，但年輕的一代還是有愛看書的人，我很慶幸，我的讀者大多數是年輕人。我還不算是甚麼名人，以純小說作家這樣的條件出身，不譁眾取寵的話，在香港很難成為名人。

這麼微小的我，就只能用文字來影響別人，希望可以打開一口特別的窗，讓年輕一輩瞧見希望的旭日——屬於他們的旭日。

不關心時事，只專心賺錢，自掃門前雪，眼不見為淨……這樣的我也可以過得很快

4 《窮得只剩下錢》，王陽明牧師著，內容以「生命的原則是追求幸福」為主軸，透過三個問題來貫穿整本書：人為甚麼沒有平安？人如何跳出無奈的困境？人如何追求幸福的進深？

活。

現在林林總總的社會問題，好像與我毫不相干，我站在高牆之上隔岸觀火，既不表明立場，也不參與其中，免得渾水弄髒了雙腿。

我曾以為不做任何選擇，就可以置身事外。

很多人生問題，其實沒有「不選擇」這個選項。

因為——

「沉默」也是「選擇」的一種。

寫考卷時，選擇題漏空不答，那題的分數必然是零。

靠直覺，畫一條橫線，也許碰運氣，還有答對的機會。

我們一旦選擇了沉默，就要接受沉默的後果……

天航

二〇一二年

目錄
CONTENTS

{關於本書}

在這增訂版本裡，
加入了作者天航兩篇新著文章，
同時留存了初版十五篇寫於二〇一二年的短篇故事。
本書內每篇文章的書寫念頭，
均由作者有感於城市裡某種現象而起，
都曾經是城裡人們談論過的新聞話題，
哪怕事情都已過氣成舊聞了，
那些光怪陸離的社會現象，
當下看來，仍然鮮活。

親愛的我城，您還好嗎？

不老騎士

我有個朋友是開計程車的。

他叫阿達，是台灣人，服務台北市一帶。

台灣政府規定，計程車是黃色的，他就將自己的六人座小轎車，重新噴漆，變成黃色。

計程車通常不是紅色，就是黃色，這背後有點科學根據。人的視覺對這兩種顏色特別敏感，所以警戒線、交通燈、封路膠條……都用上這樣的顏色。

台灣有千千萬萬輛計程車，但我敢打賭，阿達的計程車與眾不同。

如果你坐過我這位朋友的計程車，你一定畢生難忘。

阿達是個綠色愛好者，所以在車裡種花，前座掛滿綠油油的蔓生植物；駕駛座手側的置物架，一般人會放咖啡杯或者罐裝飲料，阿達就改裝成插花的小裝置，有時是白桐花，有時是金針花……視乎花季和他的心情而定。

與深沉的冷色調成了對照，他的車廂綠意盎然。

人也一樣，他是個開朗樂觀的計程車司機。

由於經常往返香港和台灣的緣故，我會跟阿達約時間，由他送我到機場，或者載我回台灣的公寓。

我是個好奇心極盛的人，這是職業病的一種，我一上車，都會口若懸河跟司機聊天。偏巧阿達是個健談的人，很會說故事，一點勾起我興趣的小事，我都忍不住打破砂鍋問到底。

開一趟車到台北桃園國際機場，在高速公路上馳騁，不塞車的話，車程約四十五分鐘，有足夠時間讓阿達說完一個故事。

§ § §

「阿達，最近有沒有甚麼有趣的事？」

今天阿達穿著花襯衫，黑油油的頭髮全往後梳，就是俗稱的「貓王[1]頭」，像個由八十年代港產片走出來的超現實人物（**阿達在貓王逝世那一年出生，今年三十五歲**）。

正值深夜，阿達精神奕奕，想了一想，對我說：

「大哥，你以為我是幹嘛的？哪來這麼多故事？最近真的沒甚麼事啊……對了，剛剛在機場等你的時候，我在車裡看電視節目，剛好看到一個認識的人。」

1／「貓王」，即埃爾維斯・亞倫・皮禮士利（Elvis Aron Presley，1935.1.8~1977.8.16），在美國搖滾樂史上佔舉足輕重地位，被譽為「搖滾樂之王」。「貓王」之名源起於美國南方的歌迷為暱稱他為"The Hillbilly Cat"，意為「來自南方的小貓」。

99元
VMAX
威邁思電信
556

「噢。是你載過的名人嗎？」

「呵，你想得太多了。只是個普通人。《不老騎士》的廣告，你有看過嗎？」

當然看過。這支廣告太有名了，在台灣幾乎無人不識，只要在YOUTUBE輸入「不老騎士」，就會找到影片。

這支廣告由真人真事改編，當我第一次知道這件事，也深受震撼。

十六位爺爺，和一位奶奶，騎著摩托車環遊台灣島，比很多年輕人更加勇敢和熱血！

這十三天的旅程，日以繼夜在公路上騎車，即使對年輕人來說，也不輕鬆。老人腰痠背痛，互相幫對方捶骨，途中經過不少險峻的公路，團長三進三出醫院，差點沒命……

事後這樁新聞傳出，很多人也為他們捏了一把冷汗。

其中一位爺爺對著鏡頭說：

「那十三天的旅程，讓我們的感情好得像認識了十三年一樣！」

對了，因為紀錄片上映，所以這幾個老人常常上電視。

阿達會聊起這件事，原來和他轉行當計程車司機有關。

§§§

話說在二〇〇七年十一月的時候，那個晴天，阿達獨往深山，看著一片綠色的樹林，發了一下午的呆，鳥兒都快要在他頭頂下糞。

台灣多山，迂迴曲折的山路也多。

阿達說，每次開山路，他都會將一杯水放在車頭，以此訓練自己的駕駛技術。

那一天，阿達的心情一定爛透，因為那杯水打翻了，弄得他褲襠濕透。

他出外面透透氣，將車停在一邊，站在橋邊看風景，抽了整整一包菸。

他眺望著鬱鬱蔥蔥的山林，神遊太虛，過了很久很久。

就在他將目光抽回來的時候，盯了彎路的盡頭一眼。

這一眼可不得了，那邊竟然一連衝出十多架摩托車，「噠、噠、噠、噠」地駛近，在青山與藍天的罅隙之間呼嘯，聲震大地……

還以為是飆車的暴走族，想不到竟然都是騎車的老頭！

阿達目瞪口呆，當時的感受，比十多個老頭子對著他脱褲子更加震撼！

這到底是甚麼怪事？

一行十七人的老人車隊在阿達眼前駛過，快如風，疾如電，個個童心未泯，還有人露出假牙，對著阿達笑了笑。

他們騎在摩托車上，目光無畏，眼神灼熱，而且充滿夢想的光芒！

荒謬……很荒謬……

阿達還沒弄清是甚麼一回事，就重啟小轎車的引擎，開車追上，跟在老人車隊的後面。阿達這樣做，不僅為了滿足好奇心，也是出自愛心。因為之後的路單線雙向，危險崎嶇，很容易出意外。

他在後面跟著，有點護駕的意思，擔心哪個老人出事，也許可以幫忙送過去醫院。

§ § §

保庇保庇，一路上平安無事。

然後，他們停在加油站，歇一歇，上個廁所。

阿達也停下來，和那些老人聊天，才知道他們正在做的事，竟然是要環島一周！

環島，只要是台灣人，都知道是甚麼的一回事。

台灣是島嶼，四面環海，中央是山脈。要繞著整個台灣走一圈，假如由台中出

觀 城 記

發，就要經過台南、高雄、屏東、台東、花蓮、宜蘭、台北，最後才回到台中，總路程長達 1,178 公里。

這是一個考驗耐力的艱難征途，很多年輕人也不敢試〔**包括我在內**〕，但這些老人竟然付諸行動，戴上安全帽，變成鐵騎士！

阿達簡直吃驚得説不出話。他從沒想過，當一個人八十歲，還可以有活得精彩的勇氣！

連老人都不放棄，年輕人又憑甚麼言棄？

§ § §

其中一個老人叫桐伯，他和阿達成為了朋友。

他的摩托車最特別，車頭擱著老婆的遺照。

原來桐伯曾對老婆説過：

「我到了八十歲，還要載妳環島旅行。」

由結婚那一年開始，桐伯都信守這個承諾，每年都會帶老婆環島一次，一直持續了幾十年，直至老伴比他先去世為止。

桐伯眼睛亮亮的，臉上都是笑容，一點都不痴呆，看起來很快樂。

他對著阿達，說了一句話，令阿達畢生難忘：

「呵呵，你有到老也非做不可的夢想嗎？」

真是很酷的一句話。

不知道為甚麼，我腦中出現這樣的畫面——

香菸從阿達的嘴角滑了下來，他怔怔地瞧著那些老人發動引擎，白髮在風中飛揚，摩托車突突地揚塵而去。

原來阿達那一天心情真的爛透，正陷人生低潮，又破產又失業，負債纍纍，極度沮喪，覺得老天不給他任何活路。他受了激勵之後，將車子開進烤漆中心，十天後，整架車變成黃色出來。

這就是因緣。

由那一天開始，阿達就成為一個豁達樂觀的計程車「運將」[2]。

§　§　§

聽完故事，我深深歎了一口氣——

我眼中的台灣老人，都活得比較快樂，可以安享晚年。

2/台灣人習慣稱呼司機為「運將」。

再窮，也可以回鄉間養老，子女就算不在身邊，也會聘外籍看護照顧父母。E小姐是台灣人，她的婆婆和外婆，每個周末都會上山下海看電影，吃得好好，住得好好，睡得好好，不亦樂乎。

阿達以好奇的語氣問我：

「香港的老人，都在幹甚麼？」

「香港的老人都在等死。」

我冷冷地回答，留意了一下阿達的表情，他面部有片刻的僵硬。是我的錯，竟然讓一個台灣人，看見香港人黑暗冷漠的一面。

「是真的很悲哀，但我說的都是事實。香港人忙得個個半死，天天加班，很多人連陪子女的時間都沒有，還會在乎老人嗎？香港老人最大的娛樂，就是到公園耍牌九。之前有一部叫《桃姐》[3]的電影上映，你們都以為老人院的板間房是搭出來的場景吧？我可以百分之百肯定，現實比電影更慘，很多老人都住在只放得下一張單人床的房間，破破爛爛，臭得和鹹魚一樣。很多家庭都將長者送到老人院，好聽一點的說，就是有人照顧，真正是甚麼想法，你自己猜猜吧！『家有一老，如有一寶』……我相信，現在的老師都不敢出這樣的作文題目……」

3／《桃姐》為真人真事改編電影，由許鞍華執導，講述成長於大家庭的少爺 Roger（劉德華飾）與自幼照顧自己的家傭桃姐（葉德嫻飾）之間所發生的一段觸動人心的主僕情。

車廂內彷彿有一陣寒風吹過，氣氛很詭異。阿達好像打了一個冷顫，我看見他把空調的溫度調高了一點，面部表情依然僵硬。

他很勉強地回了一句話：

「我看新聞……香港政府每個月，都會對老人發錢呢！那不是很不錯嗎？」

「那筆錢叫『生果金』。對啊！用錢來代替關心，用錢來買起人心，就是這個金融中心的特色。生果，就是水果的意思，現在香港物價這麼貴，生果金只有區區千多塊，只怕連買水果也不夠丫！」

我在想，如果讓阿達知道香港的老人死後，要輪候很多年才能有一個放骨灰龕的位置，他應該會更加無言以對。

如果我要燒東西，我應該會燒一張摺凳給死人，即使當了鬼，站著排隊也是很慘的。

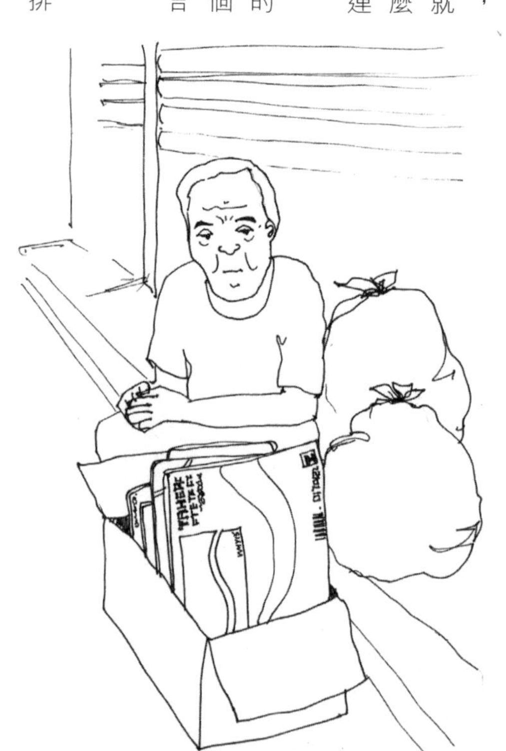

當然，有錢人與窮人是不同的，貧富懸殊有可能延續到死後的世界。

§ § §

車窗外，是台北的黑夜。

回想數小時前，我還在一個叫香港的地方，四周是封蔽天空的屏風樓。

香港位於亞熱帶地區，緯度比台灣更接近赤道，即使在冬天，一點兒也不冷。

可是，這晚我跟阿達説起香港，我的心很冷，就像一口吞下絕對零度的冰棒一樣。

車不拾遺

傍晚香港的燦麗夜景，青馬大橋的燈飾，變成我心中的泡影。

一下飛機，我通過了台北桃園機場的海關，拖著行李箱，就往十三號小型車乘車處跑。

阿達早就在那邊等我。

他見我神色匆匆，就問：「怎麼這麼趕？」

我如實相告：「剛剛搭飛機，全程拉鏈忘記拉好……等行李時，其他乘客都用歧視的目光看我……」

我盯著自己的褲頭……每當想起空姐在我身邊經過，我就慚愧得無地自容。

阿達幫我將行李放好，「砰」的一聲關上車門，就往台北出發。

公路狂飆，這一程大約四十五分鐘，我都會和阿達聊天。

他是個樂觀的計程車司機，充滿正能量……而我在香港沾滿了負能量，所以急著吸收他的正能量，盡快洩出自身的負能量。

§ § §

車廂裡播放的音樂是張雨生[1]的《大海》……老歌中的經典。

1／張雨生（1966.6.7~1997.11.12），台灣流行歌手、音樂創作人，被譽為「亞洲第一男高音」，其音樂創作風格多變，故也有「音樂魔術師」之稱。

車不拾遺

我是熟客，阿達才播這樣的歌。

有時候，聽這樣的歌，會帶來尷尬的氣氛，令旁人誤會自己擁有一顆老頭子的心靈……

在E小姐或其他朋友面前，我只會播放流行音樂或古典音樂，放亞洲第一天團「五月天」的音樂最妥當，一定可以討好很多朋友。

每當一個人開車或獨處的時候，我會聽一些老曲（**這些舊曲都收藏在我手機的隱藏資料夾裡**）。

有次在滿座的咖啡店，剛好聽到一首《羞答答的玫瑰靜悄悄地開》[2]，一甩手，不小心扯開了耳機的插線，結果音樂由手機的揚聲器傳出……

全場的人都抬起頭，盯著我……

還有一次，在快餐店，我戴著耳機，用電腦點播《莫斯科郊外的晚上》[3]，聽了一會，才發現忘了將耳機線插進筆記本的連接口……結果，鄰座的阿嬤用很欣賞的眼神看過來，豎起了拇指，而我慚愧得想找個地洞鑽進去……

2《羞答答的玫瑰靜悄悄地開》由孟庭葦主唱，梁文福作曲及詞，上華唱片製作，一九九三年推出。

3《莫斯科郊外的晚上》是國際上最具影響力的蘇聯歌曲之一，本為一九五六年莫斯科紀錄片《在運動大會的日子裡》的歌曲，原唱者是弗拉基米爾・特羅申，由瓦西里・索洛維約夫・謝多伊作曲，米哈伊爾・馬都索夫斯基作詞。一九五七年歌詞被薛范譯成中文，遂成為在中國大陸家喻戶曉的歌曲。

有次被E小姐發現我隱藏的「喜愛音樂資料夾」，她聽完我的歌，整個人就崩潰了，雙手抱著頭猛烈搖晃，不停驚呼：

「我無法進入你的世界、我無法進入你的世界……」

所以，我愛坐阿達的車。

阿達是個「老派」的三十五歲青年，在聽歌的領域上，有時候，我和他算是臭味相投。

他是「六年級生」，台灣人習慣以「年級」來區分年齡階層，譬如「六年級生」、「七年級生」……等等。除了西曆普遍常用，台灣另有一套年號叫「民國」。西元二〇一二年，就是民國一〇一年[4]。

我極討厭這套分齡系統，因為我在一九八〇年出生，減去一九一一，竟歸入「六年級生」這年齡級別，和怎麼看都比我老的阿達同屬一代……明明我就是個「八十後」作家……

§ § §

車廂靜悄悄的，我最討厭這種氣氛。

我看著阿達，試圖打開話匣子，問起一個一直很好奇的問題：

4／中華民國成立於一九一一年，只要將西元的年份減1911，就是民國的年份。

「對了，你有在車裡撿過手機嗎？」

「經常。」

這答案令我頗為意外，卻又在情理之內。

阿達聳了聳肩，又說：

「我試過在車內撿到三百萬。三百萬現款耶！」

「……」

我剎那無言。

像我這種人，連放幾千塊在錢包也會擔心受怕，實在很難想像，竟然有人會將巨款遺留車上……也不知這個人真的視錢財如浮雲，還是白痴到了一個終極的境界？

不用說，以阿達的性格，一定將巨款物歸原主。而原主十分感激，想分10%給阿達當報酬，阿達都說不要。

§ § §

我和阿達聊起了之前看過的一則新聞——

大陸作家韓寒[5]有次到台灣旅遊，和友人夜歸，不小心遺留手機在車上。據說是一台賣掉可賺港幣四千多元的智能手機。

以我所知，一個台灣計程車司機日出晚歸，做滿十二個小時，薪水才不過台幣三萬左右（**約港幣七千元**）。

所以，撿到一台手機，就差不多等於賺了半個月的薪水——絕對是個天上掉下來的餡餅，簡直是一筆「意外之財」。

新聞裡提及，當晚韓寒和一名友人（**九成就是他老婆**）前往陽明山，在W HOTEL外，上了王松鴻的計程車。

韓寒不常在台灣的媒體亮相，王松鴻也不知道他是中國大陸的知名作家，只當是一名普通乘客。在王松鴻的印象中，韓寒是個溫文有禮、平易近人的年輕人。

載完韓寒，再回去W HOTEL排班，王松鴻跟車隊同事聊天，聽說到有個上陽明山的乘客掉了手機。

他心念一動，結果在自己的車子的後座的椅縫裡，找到韓寒或其友人不見了的手機。

5/ 韓寒，一九八二年出生於上海金山，中國新生代八十後作家、職業賽車手、雜誌主編、著名博客。一九九九年首部長篇小說《三重門》出版，之後陸續發表及出版多部散文集和小說作品。二〇一〇年獲《時代週刊》評選為「一百名影響世界人物」。

於是，王松鴻將手機還給酒店櫃枱，再轉交到韓寒的手上。

後來，韓寒致電王松鴻，親口致謝。

王松鴻爽快地回應：「這是應該的。只是舉手之勞。」

韓寒在電話裡說：「這樣的情形在中國是不可能發生的！本人在中國是知名作家，在網上有五、六百萬讀者……我回去，會寫一篇文章表揚你！」

王松鴻漫不經心地回應：「哈哈，好喔！但請你不要把我的名字寫出來。」

後來韓寒真的在個人博客上發表一篇〈太平洋的風〉[6]，稱讚台灣民眾質素，但有意無意透露了司機王松鴻的名字，令他成為了計程車界的名人，上了電視新聞。

§ § §

丟東西的經歷，人皆有之。

我有個朋友，是個超級冒失鬼，曾經在日本、韓國和加拿大不見了錢包……結果都是有驚無險，都有好心人物歸原主。而她在香港也丟失過兩次錢包，結果卻變成了別人的囊中物。

我曾試過出席學校講座，與在場的香港中學生打賭，不過校內嚴禁賭博，這賭

6 〈太平洋的風〉，發表於《韓寒新浪博客》，二〇一二年五月十日。

局也不算真的賭局，只不過叫他們幫我做一個實驗——

故意將手機遺留在計程車裡，然後看看能不能取回來。

結果，沒有學生聽我的話，真的去做。

但我很有信心，我將手機留在台灣的任何一台計程車裡，都有很大機會遇上車不拾遺的好心司機。

阿達問我：「香港的司機不會這樣做嗎？」

我突然大力拍了拍扶手置物箱，然後大吼：

「這個嘛，雖然偶然會遇上好人，但只是少數！香港曾經有市民遊行示威，就有計程車司機投訴，罵那些遊行人士阻礙他們發達……說起來，有些司機真的很遵守法律，用免提，但駕駛面板上六台手提電話，司機不停聽電話、發短訊，甚至只用單手握著方向盤……每次坐上這種的士，我的心有多驚慌，你會知道嗎？」

這一「吼」，嚇得阿達差點將車駛出了外線道。

§ § §

十年前，我剛畢業，出來社會工作，分期付款買的第一台新手機，就是在的士上丟失的。

當時，我撥打自己的號碼，聽到那的士司機的聲音，約好要在哪裡等。還以為遇到了好心人，結果，我在街上白白等了兩個小時，看著一架又一架的士經過，無數希望盡化為泡影，北風肅殺，我的心都要碎了……

想到那司機因為發了一筆橫財而泛露的笑容，我就覺得很錐心了。

後來我連信用卡的賬單都不想看……

嗚，我在供款的手機是別人在用的手機……

§ § §

其實在計程車上丟失手機的人滿多的——

若干年前，某個深夜，我伸手攔計程車。

一屁股躺在後座時，竟發覺屁股下有異物。

我的屁股很敏感，看也不用看，就知道那東西是手機。

拿上手一看，雖然不是最新款的手機，但我猜，在二手市場也能賣港幣一千元以上。

「咦！這裡有台手機。是乘客留下的？」

「是嗎？給我看看……放在我這裡吧……」

那一刻，我在的士司機貪婪的眼神裡，看到了兩個極明顯的金錢符號〔$$〕。

他神情拘謹又焦慮地看著我，一副恐怕我要跟他分贓的模樣。

我心念一動，搜尋這電話裡最後通話的記錄，然後撥出。

鈴響了一會，無人接聽，與此同時，司機不停催促我將手機給他保管，我只好照做。

在我下車之前，手機響起來了！

我耳明手快，從駕駛席前方的置物架，將手機奪了回來，喏喏應了幾句，終於與失主聯絡上了。

下車時，司機怨毒地瞪了我一眼。

§ § §

我在深夜的街頭等了半個小時，才有一個少女姍姍來遲。

那少女長相普通，所以就算我有心多寫一段來騙稿費，亦不知如何描述她的外貌，老實説我也早已忘記了。

看著她如釋重負的表情，我把手機還給她，她輕聲道謝。

我沒告訴她，我可是冒著被咒罵子孫十八代的後果，才將手機從的士司機手上

奪回來。

而且我也因為要等她，錯過了回家的末班車。**〔對，我是坐計程車再轉乘過海小巴的窮人。〕**

我揮一揮衣袖，就離去。

路不拾遺，對方的笑容就是最大的報酬。

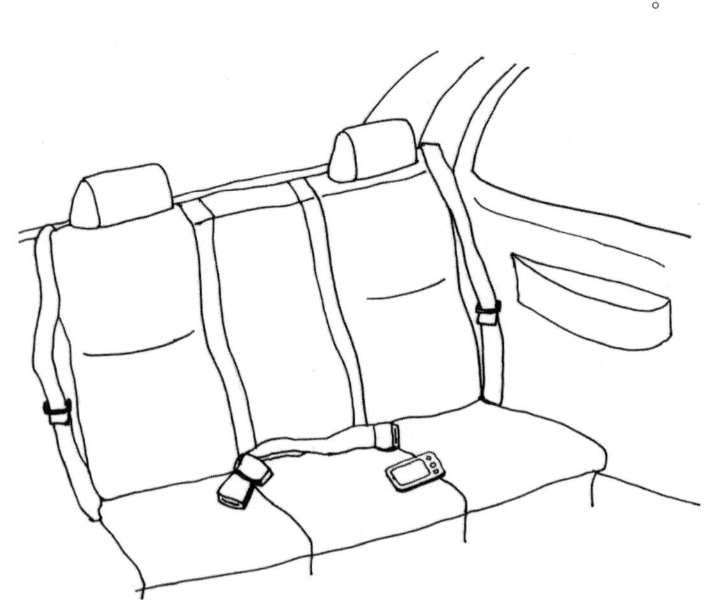

誠品精神

「你有去香港誠品嗎？」

二〇一二年誠品在香港開幕，無論在香港，抑或在台灣，都成了刊登在報章上的新聞。

一打開FACEBOOK，鋪滿版面都是到誠品「打卡」的訊息，連一些我認為他從不看書的朋友，都特地到銅鑼灣的誠品書店（**應該是為了去看美女**），彷佛誠品的氣息已捲成一股旋風，一團熱流，一種人人都想沾染的香味。

不到長城非好漢，不到誠品亦非良民。

§ § §

誠品的創辦人是吳清友先生。他的傳奇，就是阿達告訴我的。

這位滿頭白髮的董事長一臉正氣，戴著橢圓形眼鏡框，全身散發著文人氣息。可是，他並非生於甚麼書香世家，只不過在落後的鄉下長大，唸中學時更常常打架，曾是老師眼中的問題學生。

吳清友畢業後的第一份工作，就是賣廚具，當業務員東奔西跑。他當時工作的公司，算是誠品的前身，名為「誠建公司」。

雖然吳清友沒有一流大學的畢業證書，但他就是肯拚，業務出色。誠建公司的老闆要移民，就在吳清友三十一歲的時候，將公司賣了給他。

吳清友在賣廚具方面賺了第一桶金，因為很愛書，就決定開一家書店，實現理念和夢想。

就這樣，一九八九年，第一家誠品書店在台北的敦化南路開業。

幾乎每個台灣人都知道，誠品書店由一九八九年開始，連賠十六年。也就是說，這是一盤連續十六年都在虧錢的生意！

打個比方，我給你一顆種子，然後跟你說：

「這顆種子要等到十六年後才會成樹結果，而過程中可能隨時失敗，未必可以紮根，不一定能結出果實。這樣的話，你要不要種？」

就算知道有可能結出很可貴的果實，很多人計算當中的風險之後，應該都會打退堂鼓。

這就是現實。

可是有時候一些不顧現實的理念，就是可以感動其他傻瓜陪著一起犯傻。

吳清友曾說過一句話：

「尊重走進書店裡的每一個人。」

在誠品書店差點倒下之前，華碩電腦（ASUS）的總裁童子賢知道了這件事，就決定大舉注資，還對吳清友說：

「店盡量開，賠錢不要緊！」

這一番慷慨言辭，多麼令人熱血沸騰啊！

（**我天航也希望有隱形富豪注資到我的出版社，然後對我說：「書儘管出，賠錢不要緊！」**）

對每個到台灣的旅客來說，誠品書店都是必遊的行程之一。台北市的信義旗艦店、台中綠道園的勤美店，更已成為了著名的景點地標。有資深文化人更說，人們可在誠品與台灣文化之間畫一個等號。

在過去的二十年，誠品豐富了寶島文化的內涵。

§ § §

可能是我的行業關係，每當我回到香港，跟別人閒聊，他們都會問我有沒有去香港誠品走一趟——用他們的術語來說，就是「朝聖」。

想不到，在阿達的計程車裡，他也問我相同的問題。

「你竟然沒去香港誠品？」

阿達很驚訝。

我懶洋洋地回答：

「有甚麼好驚訝的！我可是長居台灣喔，我家附近就有一間誠品！一個天天都經過的地方，有甚麼好去『打卡』的？而且，由我家開車去信義區才十五分鐘，我幾乎每個星期都去一次誠品信義旗艦店。正如你天天呼吸空氣，你會覺得呼吸空氣是很奇特的事嗎？」

「說得也是……」

阿達的回應就像哼出來的。

其實不只是誠品，幾乎在台灣每一個社區，小至一條不起眼的暗巷，都會很容易找到書店或租書店。

我住在內湖區，這一區有間大型超級市場家樂福，我有時買完菜，就會搭電梯到五樓的「智慧圖書館」[1]借書。

此外，台灣的大型超市都會劃出一區賣書，有時逛得累了，將手推車擱在一邊，隨手拿起一本書，就可以坐在舒適的雅座上看書。

不論老少，一排陌生人摩肩在沙發上坐著看書，也就成了一幀書店裡常見的風景。

1／「智慧圖書館」，提供無人管理的自助圖書借閱服務，用「悠遊卡」（即類似香港的「八達通」卡）登記之後，便可以憑證進入閱覽，並自助借書。

台北的東區是有名的購物區，在我眼中，等於香港的銅鑼灣。

這一區除了有二十四小時營業的誠品敦南店，也有一間入選為「全球最美二十間書店」[2]的「好樣本事」。

由於台灣的書店實在太舒適，久而久之，我也漸漸變成個「無恥之徒」，常常在書局裡白看白坐。

以一年計，我懷疑自己在書局裡免費閱畢的書，已超過一百本。

不過，我總是受不住誘惑，會在誠品裡買雜誌和精品。去年我在誠品的消費額竟然有三萬台幣，捱了E小姐一頓臭罵……

所以，誠品複合式經營這一招真絕，我白看白坐的錢，書店在其他方面賺回來了……

§ § §

阿達讀了誠品在香港開店的新聞，不禁問我：

「你們香港人很支持文化啊！香港的地產商給誠品非常特惠的租金，所以才能在銅鑼灣的黃金地段開業！」

2／美國網站 Flavorwire.com 於二〇一二年評選「好樣本事」為「全球最美的二十家書店」之一。

那一刻，我承認自己很過分，在阿達面前露出了不屑的神情。

「支持文化？嘿……香港人這麼會賺錢，會做虧本生意嗎？我以前讀大學時，唸過一門學科，和商場經營學有關。當時學到一條簡直是金科玉律的教條：『每個走進商場的人，都是一頭肥羊。』簡單來説，就是要想盡辦法，來賺盡客人的每一分錢。」

「……」

「每一個新商場開幕，都很喜歡吸納書店。你自己想想，為甚麼呢？不就是為了吸引人流嘛。書店通常設在很高的樓層，要顧客走遍每一層，才到達書店的門口。我就説嘛，香港人很會做生意……跟香港人打交道，你們台灣人一個不小心，搞不好會變成待宰的肥羊……」

「呃，做生意，本來就是互相利用……」

「香港人很現實的，短期內不賺錢的生意，就要『斬』。現在物價這麼恐怖，在香港買台灣書，加上運費，一本書差不多四百多台幣[3]！捫心自問，連我這麼愛書的人，也不捨得在香港買書……想打著文化的旗號，來賺香港人的錢，只怕很難！」

3/即港幣一百元左右。

然後我一鼓作氣，對阿達說出結論：

「很多香港人，最重視的，是錢！是利益！是回報！」

§ § §

在台灣，就算經常「打書釘」，我還是經常買書。

在台灣買書，一般情況都有七五至八折。即使沒空去書店，只要登入「博客來」這間全台灣最大的網上書店，還是可以買書，直送府上，或者到指定的 7-11 便利店取件。

公車上、地鐵車廂裡、快餐店或在咖啡館內……雙手捧著書的愛書人無處不在。

誠品總是開在地面一樓，櫥窗布置很有心思。每次走入誠品，我心裡都泛起一股難言的感動。

§ § §

十六年，這是多麼悠長的時間。

誰知道有多少埋在土裡的種子，就這樣默默死了？

荒漠就是這樣形成的——

不是沒有土壤，而是因為沒有人灌溉。

結婚成本

在我結婚之前，女友跟我到香港參加婚禮，所以這次回台灣，是兩個人一同下機。

航班有點延誤，苦了阿達。

我打電話給他，他已在桃園機場小客車的停泊點。

走出外面，太陽快下山，天空灰濛濛的，阿達的計程車亮起車頭燈。

阿達只知道我初到台灣移居時認識了女朋友，這是他第一次與E小姐見面。本來他叼著菸屁股，擺著一副裝酷的表情，一看見美女，立時因驚愕而整張臉融為一團……

他壓根兒沒想過，我的女友是個超級大美女吧？這種事，我早已習慣了，見怪不怪……

最離奇的一次，是有人跟我說：「你的女友像由漫畫裡走出來的人物。」

〔我總是對E小姐說，別人是看在我的面上，才給她讚美。〕

阿達幫我搬行李箱上車的時候，眉飛色舞，在我耳邊唸道：

「你女友這麼正，難怪你會選擇定居台灣……呵呵……」

我逗他：「她不是我的女友。」

他表情有點錯愕。

「她不是你的女友？」

「哈哈，她現在是我的未婚妻了。我在香港的時候，向她求婚了。」我頗為得意地說。

阿達又露出驚訝的傻相，豎起拇指，給我一個大讚。

求婚的過程驚天動地，足夠我寫一本中篇小說，在此就免談了……

阿達這傢伙，一邊開車，一邊笑咪咪盯著後座上的我和E小姐，這樣很危險啊……

「這次你去香港，去了很久啊！差不多有三個星期吧？」

「對啊！其實我這次回去，是為了參加妹妹的婚禮。」

「你妹妹結婚啦？」

「嗯，因為這件事，我和媽媽高興了很久，我差點在教堂裡哭了出來……這年頭，女人能嫁得出去，真的很值得慶幸……」

不知怎的，我用國話講話，嘴巴會變得很毒，經常造口孽。

§ § §

擺酒、擺酒……阿達嘴裡吐出不知從哪裡學來的廣東話，即是國語「喜酒」的意思。

「你會在香港擺酒嗎？」

「當然不要！香港結婚成本太高，根本就是魚肉新人的制度！我們應該會在台北設宴，香港註冊行禮。我們想辦一個特別的婚禮，會讓我的讀者參與呢！哈哈！」

剛參加完妹妹的婚禮，我就知道在香港結婚有多恐怖。

明明吃的東西跟平常一樣，因為掛上婚宴的名義，酒席的價格倍增。只不過加個漂亮的椅套，就要加錢，布置、花籃……每項服務都是收費項目。

結婚是很多人一生一次的盛事，也是香港服務業宰客的大好機會。

由男方走入珠寶店挑選求婚戒指的一刻，到拍婚紗照、訂酒席、租花車、請律師、買正式結婚戒指……

一疊疊賬單，結婚真是一次狠心燒錢的過程。

就算女方不要求，女方的家長也會要求，催迫準女婿買房子。

如果知道男方有錢，更會苛索聘金……

我在網上討論區看過一些討論，都是準新郎在訴苦，用匿名暗罵未來岳父岳母，抱怨他們好像在「賣女」一樣……

最後得出一個很奇怪的結論——

下輩子做男人，還是投胎到印度好，因為印度人有個奇怪的傳統習俗，竟是由女方的家庭給男方送聘金！

我還在唸書的時候，對結婚充滿憧憬，無限嚮往。

到我長大成人，開始以亂槍打鳥的方式來鑽研術數，才認清自己是個適合遲婚的人。

娶錯老婆，嫁錯郎，都會受到很大的精神傷害，很多女人終身鬱鬱寡歡，就是因為一段千瘡百孔、淒慘收場的婚姻。

〔不嫁比嫁錯好，這是我對一些單身女士的忠告。〕

〔對男士來說，道理亦然。〕

§ § §

在我最初到台灣的時候，還是孑然一身，心血來潮，就在網上搜查婚宴的價格……

例如美麗華摩天輪同層那個看來很奢華的場地，原來一席才港幣三千多。

在香港，一般酒家擺酒的價錢，原來與台灣一些五星級大酒店同價！

「天呀！世上有這麼美好的事嗎？」

我盯著螢幕驚呼，懷疑網上顯示的價錢，於是多番向朋友求證，才敢相信這樣的事。

那時候，我就仰天狂笑：

「嘿嘿嘿！我在台灣也有能力結婚！」

§ § §

婚宴是眾人對新人的祝福，如果商家利用這種機會賺到盡，這不是很過分嗎？

兩小口子共築愛巢，本來是很愜意的事，但為了償還恐怖的房貸，很多夫妻都要承受巨大的工作壓力，晚晚加班，相見甚難，無法好好享受二人世界的生活……

我最近就聽過一個案例，一對新婚夫妻就住在只有一百平方尺的蝸居。

而我，住在台灣，房租便宜，最近還嫌一千平方尺的單位太細小，不夠用……

§ § §

在車子駛向台北的路上，我看著身邊熟睡中的未婚妻，不禁會心一笑。

由於我總是以「怪女友」的形象來描述E小姐，很多人都不知道，她也是大家閨秀出身，醫學世家**（不過到她這一代就形成斷層）**，大伯曾獲提名諾貝爾獎。

再噁心也要說一遍，有她條件這麼好的未來老婆，可是我做夢也想不到的。

她不愛名牌，卻穿得像「FASHION QUEEN」。她愛跟我逛書店、美術館，看SALVADOR DALI[1]的展覽，聽THOMAS BERGERSEN[2]的音樂，物以類聚，我們身邊的朋友大都是「藝術家」。

她要求不高，將來的家有個泡澡的浴缸，就已經心滿意足。她不會苛索一卡克大的鑽石戒指，只要我一輩子對她好，記得帶她出國玩，她就願意嫁給我。

命運就是這麼奇妙，要遇見的兩個人，總會在注定的時機邂逅……

1\Salvador Dali，著名西班牙畫家，以其超現實主義作品聞名。

2\Thomas Bergersen，美國專業音樂製作人，著名電影原聲配樂作品有《達文西密碼》、《暮光之城》、《阿凡達》等。

人類發明了飛機之後，愛情超越了物理距離。

§ § §

兩年前，我第一次跟她約會，可能因為她病得很嚴重，倒霉的事接踵而來……而我在塞得水洩不通的星期五晚上，竟然選乘了計程車，結果遲到了半個小時，最後還是在紅燈前掀門下車，奔跑兩條街。

我和她第一次見面的地點，每個去台灣的旅客都有機會經過，就是熱鬧的忠孝東路，那個車水馬龍的十字路口，斜對面有間四十年老店「頂好麵包」。

那一晚的約會，彼此之間在溝通上有障礙，聽進耳裡的說話應該最多兩成……第一次約會之後，絕對沒想過，我竟然會和她手牽手，甚至決定白頭偕老。

她後來告訴我，我本來有個年薪破千萬的競爭者，也有些送她名牌皮包和請她吃米芝蓮三星餐廳的挑戰者……

她選了我，是因為我對她最好，會關心她，會買巧克力給她，會寫小卡片給她。

這樣的理由，香港人應該會嗤之以鼻？但請想想，這才是愛情的本質吧？會不會是香港人錯了呢？

善良、老實、有正義感、有才華，但不算有錢……這些在香港不受歡迎的性格特質，卻變成她喜歡我的理由，亦令她的父母放心將她託付給我。

我來了台灣之後，才深深明白，只要做回自己，就會有人喜歡，就會快樂。

是這裡，是她，令我重生。

台灣最溫暖的地方——

是每個人的心。

廁所物語

由桃園機場到台北市中心，車程約四十至五十分鐘。可是這段稱為「國道一」的高速公路，經常塞車塞到「爆」[1]。塞車不是重點，重點是如果乘客出發前忘記如廁，膀胱隨時會——爆！

有一次，我坐阿達的計程車，憋尿憋得很辛苦，額上的青筋都露出來了。可是，車子在不見盡頭的車潮中，只能龜速緩慢移動，本來五十分鐘的車程，快變成兩個小時。

每次我看著路標的眼神，都是望穿秋水的眼神，渴望看見廁所的焦急感，比渴望看見一周不見的女友更加強烈……

對比我緊繃的表情，阿達一臉輕鬆地說：

「這都是交通部部長的錯，你要罵就罵他！呵呵。」

我笑也笑不出來，怕自己失控，一笑就要尿出來……弄髒阿達的車是小事，遺臭萬年才是大事。以後我成名了，他跟客戶聊天，就會說：

「咦？你也愛看這個作者的書嗎？他曾經在我車上撒尿呢！」

車子行駛的速度愈來愈慢，有一刻甚至停頓下來，足足停了五分鐘。

1／「爆」這個俗字，台灣人也經常掛在嘴邊。

阿達解開安全帶，身子往後座靠，抓了個奇怪的袋子回來，像個塑膠袋包著的紙袋。

他用「多啦Ａ夢」的聲音，向我解說，這東西叫「神奇尿袋」。

我看了看袋子上的說明，紙袋裡好像有甚麼化學物質，可以將尿液變成結晶狀的固體……

「這裡只有你跟我，不用害羞啊！」

儘管可以解一時之窘，但我始終無法脫掉褲子，赤條條在別人面前撒尿……

我繼續死忍……

結果，阿達駛出高速公路，載我到中途休息站的廁所。

我夾著大腿，舉步維艱地走到小便盆前……

在我暢快小解的一刻，腦中冒出了梁啟超[2]的話：

「責任完了，算是人生第一樂事。古語說得好：『如釋重負』……責任重大，負責的日子長久，到責任完了時，海闊天空，心安理得，那麼快樂還要加幾倍哩！」

2/梁啟超（1873.2.23~1929.1.19），生於廣東新會，中國近代思想家、政治家、教育家、史學家、文學家。曾與其老師康有為推行「戊戌變法」、支持「新文化運動」及「五四運動」。因著有《飲冰室合集》，故有別號「飲冰室主人」。

§ § §

回到計程車上的時候，我笑逐顏開，向阿達說：

「憋尿真的很辛苦……我終於有點明白，為甚麼大陸客來香港旅行，都會在地鐵車廂裡小便……」

「甚麼？在地鐵裡小便？」

「何止小便，大便也行呢……三年前，我可是親眼看見，有個內地婦人帶著個小孩坐在我對面。那男孩急得哭出來了，他媽媽一臉不耐煩，就從 LV 手袋裡拿出一個屈臣氏水瓶……然後那男孩就在我面前堂堂正正撒尿……到了下一個站，這對母子下車，竟在車廂空蕩蕩的地板上留下一個黃色液體半滿的瓶……」

香港人與大陸人仇恨的源頭之一，就是有缺德的大陸人在地鐵站內或大街上解決「急事」。這樣的事經常上新聞，甚至登上頭版，我覺得小題大做，看到已經不想看了。坦白說，我很欣賞有勇氣在公眾場所脫褲的成年人，如果他能以十秒的速度妥善完事，我在場目睹，一定會為他鼓掌。

〔**撰文至今，真的有人做出這項壯舉，令我看得目瞪口呆。**〕

阿達忽然提出一個疑問：

「對了，我去過香港旅行……為甚麼香港的地鐵站沒有廁所？」[3]

「可能是為了省錢吧……香港薪水高嘛，有廁所，就要請人打掃清潔。」

「地鐵站沒有廁所，真的很不方便呢！」

我想一想，也有道理。大陸的地鐵站、新加坡的地鐵站、台灣的地鐵站……都有廁所。反而很少人想過香港的地鐵站沒廁所是件不近人情的事。〔**其實香港的地鐵站是有隱藏式廁所的，可是要問職員，職員才會讓你進去。這種事連香港人也未必知道，普通遊客怎可能知道！**〕

人有三急，香港人當然知道要到商場裡找廁所。可是當一個遊客來到陌生地，哪裡曉得找廁所的潛規則？香港餐廳的廁所大都不外借，有時候，在香港找個廁所真的和在台北找個垃圾筒一樣難。

可是，有人又會反駁，歐洲大部分地鐵站都沒廁所，為甚麼不見遊客在地鐵站裡小便？

可是，我又想到，每個由英國留學回來的朋友，都說經常遇上在地鐵裡「露械」的變態佬……

3/港鐵於二〇一六年底宣布將在八個車站加建洗手間，包括人流最多的尖沙嘴站、中環站、金鐘站及北角站等轉車站，預計二〇二〇年全部完成。

再吵下去的話，可以成為一條辯論題目。

照我看，歸根究柢，都是因為文化的差異。這樣說好了：遇見變態佬和遇見大便客，你比較樂意有哪一種遭遇？

§ § §

在我眼中，那些欠缺公德心的大陸客，只是文化之下的受害者。

中國有很多富二代留洋回國，他們穿著光鮮，在香港的名店區「血拚」[4]，當然不會到處解決大小便。然而，我不敢說全部——這些人的心靈可能比那些糞便更骯髒。

§ § §

小時候，隨母回鄉。

我很記得有一次，牽著公公的手走，我忽然說很急，公公就帶我上廁所。

那年代，大陸沒有所謂的公廁，廁所大都私營，要收錢的。如廁之後，大家都沒有洗手的習慣，然後抓出一張皺巴巴的鈔票，交給外面的老頭……

雖然現在人人都對人民幣趨之若鶩，但在我小時候，我是不敢碰人民幣的……

4／台灣用語，就是shopping（購物）的意思。

我至今仍無法忘記當時看見的一幕——

當我走進公廁，廁所兩側有兩排光著屁股的人蹲著，腳下是一條黃黃的糞坑，排出來的東西掉到下層的糞堆，而糞堆疊滿了顏色有深有淺的大便！掉下去是絕對會死的！

我不知道當時我是自然尿出來的，還是嚇得尿出來的……

總之，這一幕對我細小的心靈造成極大的震撼，一輩子都應該忘不了。

可是，這種事，對小鄉民來說，只是生活的一部分，根本沒甚麼人不了。

他們自小就練出了很好的蹲功，可以在那兩條平衡的木板上，若無其事蹲著半個小時，還輕輕鬆鬆和旁人聊天……

無怪乎，昔日中國的體操選手冠絕全球，現役中國選手沒受過這種訓練，當然今不如昔。

§ § §

「茅廁」大家聽得多了，可是真正上過「茅廁」的年輕人，應該沒幾個。

所謂「茅廁」，就是在一塊托高的木板中間開個洞的廁所。蒼蠅呀豬呀雞呀……都會忽然由那個洞冒出來，比任何魔法陣都要神奇！

在鳥不生蛋的農鄉，會買到衛生紙才怪……

當時，我問曾祖母拿衛生紙，而她給我幾條枯枝，叫我用這些東西來擦屁股，我頓時面無血色。

如果以他們的標準來看，我要入鄉隨俗，就要接受這樣的文化。入鄉隨俗當然是美事，但做不到就是做不到呀！

結果，我憋了七天大便，到最後憋出事了……

回香港之後，因為腸胃問題，動了一場小手術。

在一望無際、人跡杳然的農田山野，到處都沒有廁所，但到處都可以是廁所。

當我獨自遊歷陝西，我做過最「酷」的一件事，就是在華山的斷崖邊出恭[5]，從木室裡的洞口直通萬丈深淵。

§ § §

假如你了解這一種文化，你就會明白，為甚麼大陸人會捧起孩子，直接讓孩子在垃圾桶上解決。

5/ 就是排便的意思。明代考試，設有「出恭入敬」牌，士子如廁必須要領牌，稱為「出恭」。大便是為「大恭」，小便是為「小恭」。

洗手間
AB出
A
B
請勿便溺

人人都希望可以在優渥的環境裡出生，可是這世上的確有人出生在窮村僻壤之中。

又或者，他們自小接受的教育就是缺乏公德心的教育，在一個不夠我們美好的文明社會中成長。

別忘了，如果隨地便溺是一種罪惡，用仇意惡視是一種更大的罪惡。

別人可以缺乏公德心，但我們不能缺少同情心。

寬容也是文明的一種態度。

§ § §

阿達說有個朋友到上海發展，娶了個日本太太。

有一次，飯局聚會，這位朋友告訴阿達：「日本人的國民質素真的很高！」

因小見大，他從賢妻的生活習慣，看見日本人是如何處處體貼別人。

「他舉例，說到有一次，他帶一歲大的兒子上廁所，兒子忍不住，在洗手盆上方尿出來，撒得四周都是尿。正常人遇見這情況，當然抹抹屁股就走。他也沒想太多，帶著兒子拔腿就走，心想在這種高級商場的廁所，會有清潔工人收拾殘局。可是，當他跟老婆談到這件事，他老婆立刻帶著濕紙巾，趁著男廁裡沒有其他人，親手抹乾淨洗手盆四周的尿跡，清潔完畢才釋懷離去。」

〔日本人公德心極高，但日本男人在喝醉後會隨處小解，只望社會學家會在二十一世紀解開這個怪現象之謎。〕

聽完這故事，每次當我在公眾地方如廁，都會特別注意撒尿的軌跡。如果不慎使尿液濺出馬桶外，我都會撕下幾片衛生紙，將馬桶四周抹得亮晶晶的……即使有些尿跡是其他人留下的，我也不介意吃虧，反正只是抹一抹，又不是舔一舔，有甚麼好怕的？

《論語》有云：「禮之用，和為貴。」

我身為一個有責任感的男人，和一個真正繼承中華文化的後裔，真的抱著不可輸給日本人的心態，要成為一個人見人愛的廁客。

我會有很投入的想法：如果我的爸媽是廁所的清潔工，我也希望每個如廁的人守規矩，顧及清潔工的勞苦，減輕這份工作的噁心程度。

〔好心有好報。當初在追求 E 小姐的時候，她原來已暗暗給我的公德心打分數。她和朋友到我家玩，發覺我用過的廁所很乾淨，所以對我有很高的評價……各位買了這本書的男性讀友，記著我這條如廁守規，保證你終身受用不盡！〕

§ § §

趁著阿達在旁，我有個疑惑非問不可：

「為甚麼台灣的廁所每一格都有垃圾桶？」

〔女廁格內有垃圾桶不難理解，但男廁格內也如是。〕

「你不知道嗎？擦完屁股之後，衛生紙不能直接丟進馬桶的。」

「天呀！真的是這樣……我每次打開垃圾桶，裡面都很臭，都是黏滿大便的衛生紙。我一想起就覺得噁心。這樣不是很不衛生嗎？」

「沒辦法呀，台灣人都是這樣做。直接扔進馬桶，會造成淤塞，到時就麻煩了。」

「之前我女友提醒過我這件事，我還以為她騙我……對香港人來說，真的太震撼了，我始終無法接受。」

〔我後來上網查證，台灣早期樓宇的水管設計不佳，容易淤塞，所以學校和家長都會教育兒童，用過的衛生紙要扔在垃圾桶裡。近年，感謝研發人員的成果，衛生紙的質素大大提高，可以在水裡自然分解，即使直接扔進馬桶亦無礙。總之，我是寧願多放一個水泵，也不會讓垃圾桶飄揚大便的臭味。〕

形象工程

阿達和我都是男人。

兩個男人同處車廂，每當車子停在紅綠燈位，目光望出前窗……如果看見美女，阿達都會大呼小叫：

「你看！三點鐘的位置，有個正妹[1]！」

愛美之心，人皆有之。

儘管如此，有時我真不明白，看見美女有甚麼好大驚小怪的？

像我，總是目光保守，不屑多顧一眼，一副看美女早就看膩了的神態——

因為E小姐就是美女嘛，天天看，層次大大提高，現在只有女明星才能得到我的青睞。

計算機會率是我的專長之一。

經我計算之後，我發覺在台北遇見美女的機會率，比在台北市見垃圾桶的機會率更高。

「很多正妹都是假的！如果可以，我要告她們詐騙！」

阿達雙手緊握方向盤，咬牙切齒地說。

1/ 台灣人口中的「正妹」即「美女」，等於廣東話的「靚女」。

從他這張憤怒的臉，我可以解讀出他曾有過甚麼不愉快的遭遇，心靈深處也許有甚麼陰影——譬如，明明帶回家的是個美女，對方一卸妝，就變成了女妖，簡直是現實版的《聊齋誌異・畫皮》[2]。

§ § §

不少西方人初訪台北，都會受到很大的文化衝擊。阿達也載過不少外籍乘客，有的沒的就會聊起來，熱心解答對方的疑惑。

阿達叫我猜一猜：

「外國人最常問的問題NO.1第一位是甚麼？」

「問題這麼多，很難猜呢！我一定猜不出來，你快說答案吧。」

「呵呵！他們最常問的問題就是——為甚麼台灣女人的眼睫毛那麼長？」

我聽了，暗暗點頭。

的確，當我看見夜市裡有些攤販擺滿一堆神秘的粉紅色盒子，賣的原來是假睫毛，那一刻我真的有種毛骨悚然的感覺。

2／《聊齋誌異》，簡稱《聊齋》，為清代蒲松齡著，以狐、仙、鬼、妖的短篇為主；而〈畫皮〉是《聊齋誌異》卷一之中的一個故事，大意是鬼怪披上畫成美女的人皮，以騙人害命。

台灣女生愛黏假睫毛，已成為廣泛的社會現象，亦成為了她們的世界性辨識標籤。

有些女人的假睫毛長得像刺蝟的刺一樣，跟她們聊天，都會有很大的壓迫感。

現代美容產品層出不窮，看了台灣電視台教化妝的節目，我覺得部分女性的化妝技術已構成「犯罪行為」，本人心寒之餘，亦常自警惕，日後交友要小心……

這已不是外表的問題，而是誠信的問題。

阿達比我年長，開計程車的經歷豐富，見慣女乘客，自然整理出一套破解「美女疑雲」的心得：

「最重要是注意眼睛。如果眼睛大得很不尋常、很不自然、很假……你就要小心了，因為有一樣叫『瞳孔放大片』的

東西。總之，要注意眼睛四周的妝濃不濃，這是關鍵中的關鍵。看美女，千萬不可以在昏暗的環境，一定要在強烈的燈光下看，因為人工美女都是『見光死』的。如果可以親一親，就親一親，年輕時有一次我親到很多粉粉，超傷心，粉的味道很難吃……」

§ § §

回到正題，這年頭整容的女人愈來愈多，連蔡瀾先生也在專欄中大歎：

「以前，韓國有很多真美女！現在都是整容整出來的假美女（大意如此）。」

置身在台北的鬧市，一仰頭，有兩類廣告最多——

房地產廣告和整形中心的廣告。

在台北，每一區除了有麥當勞，都一定都會有某醫學美容連鎖集團的分店。台灣近年流行的醫美產業，都是仿傚韓國模式。

據統計，光是在二〇一一年，這產業就為韓國醫療企業賺取龐大的外匯，帶動觀光收入，創造至少港幣一百二十億元的商機。

有一期《商業周刊》的封面主題，標題正是〈窺秘！台韓瘋醫美〉[3]，探討台灣該當如何發展醫學美容，抓住這個商機，搶走南韓的生意。

3\《商業周刊》1305 期，刊於 2012.11.21。

有時候，我也覺得做人很矛盾，明明大家自小都接受道德教育，很清楚內在美比外在美重要得多……但我從來未聽過有人敢這麼說：「因為妳很醜，所以我愛妳。」

N年前，當我還是大學生的時候，我在宿舍裡觀察到一個現象——相貌娟好的女生，就算沒頭腦，房門外也總是站滿叩門的色狼。同層的另一邊，醜而賢淑的女宿生卻乏人問津，好沒天理！

早前就有一則荒誕卻符合國情的新聞——武漢大學有個碩士生為了找到一份好工作，花費了近萬元做整容手術。每年的寒暑假和畢業季，都是大學生整形的高峰期。

不過，因為大家都照著明星的臉來做整形，正如「撞衫」一樣，社會上亦出現「撞臉」這種尷尬現象。

我讀過一篇美國學者做的調查報告，指出男人擇偶，排在首位的擇偶要求就是「女方的外貌」。

（順帶一提，女方的擇偶要求，排在首位的是「感情因素」，反而很在乎男方有沒有關心自己。難怪《紅樓夢》有言曰：「女人是水做的，男人是泥做的。」）

§ § §

整容，不整容，這是一個兩難的題目。

在車裡，我和阿達開始辯論，而我比較喜歡當反派，站在「應該整形」的一方。

「有一期《商業周刊》就引用一份報告，說長得好看的人，一生所賺的薪水，絕對比長得醜的人高[4]。這個社會就是有這樣的風氣，醜的人比較吃虧，為甚麼不可以整形？」

「如果一個老闆因為你長得美才請你，這是甚麼爛工作啊？」

「現實就是這樣啊！正如愛情，很多男人都是因為對方美，才愛上對方啊！等於一件商品，有內在美當然好，但包裝不好，別人連多看一眼也不想看，又怎麼賣得出去？」

「如果整容失敗，怎麼辦？香港不是也發生過毒針美容事故[5]，有人死了吧！你還要鼓吹這股不良風氣嗎？」

算他厲害，連這宗新聞也知道。我和阿達點到即止，不再吵下去。

「好啦好啦，我投降了，說不過你。沒有甚麼比性命更重要……其實我的真正立場，也是不贊成整形的。我在台灣一個要好的朋友，在加拿大那邊認識的，他是

4／〈為求職增「籌碼」，二十世代瘋整形，你怎麼想?〉，「商周.com」文章，刊於2013.12.16。

5／二〇一二年十月，香港四名女士光顧DR連鎖美容醫療顧問公司，接受由其提供的「美容針」療程，不料事後出現敗血性休克現象，當中一名顧客死亡，另一名需要截肢。

某大醫學美容集團的少爺，他也叫我不要整形……當時我是亂問的，因為有讀者笑我胖，令我很憤怒。

「咦！為甚麼他砸自己飯碗，勸你不要整形？」

「他說，整形很容易上癮……是個無底深淵……割了雙眼皮，就想弄挺鼻子，沒完沒了。而且一旦動過『工程』，就要『保養』，是筆不少的固定開支……所以這一行才這麼賺錢，毛利率接近八成。唉，我這種窮光蛋，還是靠自己的努力減肥好了。」

我這個經營醫美事業的朋友，情況也不比我好，發胖十分嚴重。我看過他十年前的帥照，真的扼腕不已：「好好一個大帥哥，怎會墮落到這個田地？」

他剛剛結婚了，日後應該會更加墮落。

至於他一家人為甚麼會從事這門生意，原來有一段因緣。

大約二十年前，他媽媽到大陸考察，遇見一個可憐的少女。

這少女因為一次電線桿倒塌，不幸觸電，雖然救回來了，但半張臉爛掉。

如果你看過被火燒過的人臉，你就會明白那是甚麼一回事，一個女人帶著這一張臉，別說是嫁人，連好好生活也成問題。

當時伯母疼惜這個少女，很想幫她，然而當時整形事業並未在亞洲普及，伯母只好從外國引入專門的設備和技術。

經過多次換膚之後，少女脫胎換骨，有了正常人的臉，過回正常的生活。我朋友沒說，但我自己猜想，這少女一定嫁得如意郎君，有段美滿的人生。

我又會想，如果同樣的事發生在古代，沒有醫學美容的話，她這一生就是毀定了。

醫學美容的發達，真的拯救了一些人，讓這些人重拾做人的自信。

說到底，外表容貌，哪有人不在乎？

〔你要拿「乞丐」來反駁我的話，我無話可說。〕

§§§

阿達說，他曾載過一個中年男人，這個乘客的特徵就是禿頭。

當時，阿達看出窗外，吐出一句：

「那座山好禿啊！」

只不過提到一個「禿」字，那個禿頭乘客就很生氣，整張臉紅掉，在馬路中心硬要打開車門下車，令阿達又好笑又好氣。

在一個眾生重視色相的社會，誰又能置身度外？

絕育社會

第一次坐阿達的計程車，聊了一會，阿達覺得和我投契，就認真兮兮地問我：

「你要不要交女友？我可以給你介紹幾個啊。」

這句話最唐突的一點，不在「幾個」，也不在「交女友」，而是在發問人的身分。當時在我眼中，阿達只是個熱情的陌生人，他貿然說出這樣的話，我又怎會不懷疑他私下是不是在經營甚麼副業？

畢竟，阿達的個性直率，我下車時取走一張名片，日後叫車，彼此漸漸熟悉起來，才清楚他真的是個大好人。

阿達自嘲道，他有一個怪病，叫「班奈特太太症候群[1]」。

「班奈特太太」是甚麼人？

正是《傲慢與偏見》中女主角的媽媽。

這個媽媽，千方百計都在盤算如何將五個女兒嫁出去，為她們覓得好歸屬。有此甚麼「班奈特太太症候群」的人，總是處心積慮地想把人湊對或推銷出去，一言以蔽之，就是有股當媒人的怪癮。

1/ 台灣人對病名常用「症候群」一稱，即是「綜合症」的意思。

§ § §

聽說阿達身邊有一些朋友的妹妹，或者是親戚的女兒，都到了適婚年齡，可是仍然單身。也不知是她們拜託，還是阿達自告奮勇，他很積極地為她們找結婚對象。

阿達因為職故，很容易交到新朋友，只要他發現是條件好的單身乘客，都會問出那條很唐突的問題。

我看，他乾脆可以掛一面「婚姻介紹所」的招牌在車頂。

可是，這年頭男女感情複雜，當媒人只會惹來一大堆是非。

如果男方有甚麼隱疾、特殊癖好……或者雙方吵架、劈腿[2]、懷恨分離……總之，就是蹚一趟渾水，會弄得滿身污泥。

所以，我對阿達這種好管閒事的行為，有點看不過去。

「我是為了台灣的未來！」

阿達舉起兩個緊握的拳頭，理由堂而皇之。

〔在開車時做出這種動作，絕對是危險行為！〕

2／台灣人術語，就是「一腳踏兩船」的意思。

「現在找對象難，但如果人人都不結婚，就沒人生孩子，將來台灣就完蛋了！你看看日本，整個社會步入高齡，暮氣沉沉，愈來愈沒有希望！」

也對，過去十年，論到世界各地生育率的劣況，有兩地長期處於榜尾——香港與台灣。而且是全世界排名最低的榜尾，平均生育率不超過「1」[3]。

談到這裡，我有點好奇阿達做媒人的成功率，他卻不肯說出來，只是在搖頭歎氣：

「唉！人就是很現實的，現在景氣不算好，畢業生的薪水那麼低，房價又貴得離譜，如果沒有爸媽幫忙，真的很難成家。台灣人遲婚的現象相當嚴重，很多情侶在三十五歲之後才結婚，到時候想生孩子，也未必可以生。」

「對啊！E小姐的媽媽是醫院的醫檢師，她也說，現在不孕的夫妻愈來愈多，都要做試管嬰兒。」

阿達愁眉苦臉地說：

「我一堆親戚的女兒未結婚，都要我幫忙找對象。都怪台灣的『宅男』[4]太多，條件好的男人又花心……我手上一大堆『庫存』，真不知怎麼辦。」

3／即每個婦人在育齡期間，平均的生育子女數目。

4／即經常足不出戶、只愛在家上網的男子。

「有沒有美女，可以介紹給我認識啊？」

「少來！你的E小姐那麼漂亮，還不知足嗎？」

自從阿達見過E小姐，我覺得他對我的態度變得很差，應該是出於同性之間的嫉妒心理吧？

§ § §

阿達年紀比我大，以台灣人的標準來看，他算是早婚的。我曾看過他的家庭照，他有一女，四歲大，人見人愛，漂亮得就像白雪公主一樣。

當時我滿臉愕然，詫異無比，很想問他：

「以你這副德性，怎麼可能生出這麼美的女兒？」

仔細研究他的五官，又仔細琢磨他老婆的相貌，愈想愈覺得此事離奇。

可惜，我一直未有勇氣問清楚，如果他告訴我女兒是領養的，到時就會弄得非常尷尬……

§ § §

不生孩子會導致亡國，大言非夸也。

亞洲諸國都面對相同的社會難題，這幾年「少子化」[5]一詞都常常在報紙和雜誌上出現。現代人的做人觀念改變，不婚主義者愈來愈多，婚後選擇不生孩子的夫妻也愈來愈多。

套一句我朋友的話：

「如果我們有孩子，還能保持現在的生活質素嗎？看見現今的教育狀況，你要孩子一出來就進入『地獄』嗎？」

他的話很偏激，但並非全無道理，難怪現在香港人寧願養寵物、疼寵物，也不願意生孩子。

日本政府為了解決少子化的問題，比我們更加頭痛，如果不是黔驢技窮，也不會有日本經濟學家提出徵收「帥哥稅」[6]的怪論。

說起來，要不是在台灣的結婚成本比香港低得多，我也不能這麼早就實現結婚的夢想。而且，在台灣結婚有個好處，新婚夫妻可以拿到每個月台幣四千元的租金補貼。到有了寶寶之後，又可以申請育嬰津貼。

5／「少子化」是指生育率下降而形成年輕人口數目下降的現象。「少子化」意味著未來的人口逐漸減少，假如新一代增加的速度遠低於上一代自然死亡的速度，更會造成人口不足，這對於社會結構、經濟發展等各方面都會產生重大的影響。

6／即向樣貌俊俏的男生徵稅，以令醜男即使不能以貌取勝，至少財力佔優，有利他們結識異性，繼而結婚生子。

可是，小錢的誘惑不大，這些福利政策無補於事，人民依然無動於衷，出生率並無顯著回升。

§§§

「對了，你有載過孕婦嗎？」

我說的是很急、衝去急診室產子那種。

「有一次！」

對任何計程車司機來說，曾載孕婦去醫院好像是甚麼一級榮譽，阿達也不例外，變成全身熱血上湧的狀態。

接著，我聽阿達說起一件舊事——

原來事態並無我所想的那般緊急，他只不過載了一個懷孕初期的乘客到醫院。

§§§

那是個普通的下午，普通得令人很難記住是哪個日子。

阿達日日客如輪轉，當然也不會記得載過甚麼乘客，但有一個乘客的臉，印象特別深刻，他應該一輩子也忘不了。

有個少婦，不，一個看來就像高中畢業生的少女上車。由於純粹猜測，所以年紀也作不得準。

她一進後座，黑著臉，神色有點不對勁，慢條斯理坐下，只說了一句話：

「去ＸＸ街，ＸＸ醫院。」

阿達登時一楞。

他做這一行久了，培養出一種直覺，聽了目的地，盯了乘客一眼，就大概知道客人所為何事。

那醫院最著名的部門就是婦產科，醫師擅長做人工流產手術。

憑著那少女淒楚的神態，即使看不出她肚子微凸，阿達也隱隱猜出她此行是去墮胎。

整程車，阿達都有些話憋在心裡，三番四次想打開話匣子，但每當他瞧見對方冷冰冰的樣子，又將要出口的話嚥下喉頭。

車子快到醫院，最後的十字路口。

阿達在紅燈前煞停，歎了一口氣，心裡想著：

「唉！她一定是給壞男人搞大了。自己一個人去墮胎嗎？真可憐。還是打掉的好，她長相蠻不錯的，如果帶著個拖油瓶，終生幸福就這樣毀了……」

與這番想法衝突的是阿達的本性，因為他是個很喜歡孩子的人。

當然，由始至終阿達都不確定對方是孕婦，如果會錯意，到時就糗大了。

〔試想像一下，讓座給一個看來像孕婦的胖女人，保證尷尬得要命。〕

尚在等待紅燈的時候**〔台北的紅燈超久，有的長達兩分鐘〕**，阿達突然靈機一動，想出一個很妙的法子。

阿達忽然打開置物屜，拿出一疊照片。

也許是命運，就是這麼巧，照片是剛洗出來的，阿達取件後，一直放在車上。

阿達一邊哼著歌，一邊翻著照片，故意裝出幸福的表情，引起後座那少女的注意。

少女神情恍惚，而阿達打了個哈哈，然後向後座轉身，將照片拿給她看，笑著說：「這是我的寶貝女兒！她才幾個月

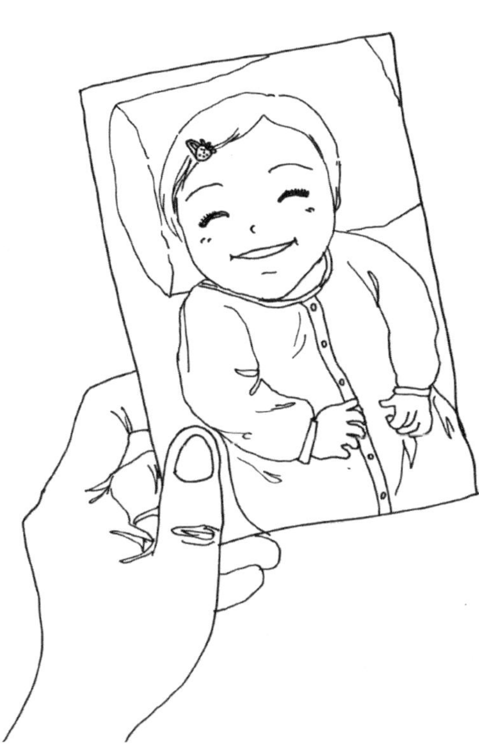

大，很可愛吧？」

我可以想像出來，阿達的女兒可愛到極點，又愛笑，簡直有如天使一般的笑容。

那少女微微為之一動，眸子裡掀起漣漪似的光芒。

紅燈轉為綠燈，阿達靠邊停。

那少女下車之後，腳步猶豫地走向醫院入口。

阿達目光透過車窗，傻愣愣看了一會……

突然有客人上車，他不得不走。

§　§　§

後來那少女做了甚麼決定，阿達本來永遠不會知道。

但是，就在今年，有乘客上車，阿達一眼就認出她是當時載過的少女。

當日的少女今日已是媽媽，她的身邊有個三歲大的男童，蹦蹦跳跳，很活潑。

阿達表面沒異樣，心裡卻激動得很：

「按歲數來算，錯不了！」

他差點就想向這位偉大的媽媽做個敬禮。

雖然台灣的出生率極低，新生嬰兒僅十六萬，但有報道據台灣醫界的估計數字，墮胎手術次數高達五十萬。

§ § §

阿達那程車，開得特別愉快。

看見小朋友，就像看見一個國家未來的希望……

金山山下

一百五十年前，一艘又一艘在海面顛簸的貨輪駛向北美洲西岸。

輪船著岸之後，三等船艙走出一個個還留著長辮子的男人，他們都來自滿清國，因為國家腐敗沒落，他們不得不離鄉別井。

他們聽說金山有金礦，都把人生賭上，漂泊他鄉淘金，「賣豬仔」[1]這句俗語，就是由此而來。

這伙人，住在最破爛的環境，做最苦的工作，生活節儉到「錢都榨不出油水」的地步。他們將大多數的錢寄回家鄉，只希望自己的下一代過得好。

到後來，金山的金礦沒金了，他們失業了，就只好去做白人討厭的工作。因為政府要興建鐵路，他們就加入開鑿隧道的工程。

在一座山中間鑿出一條路，有多艱苦，你自己試試可不可以砸碎一塊大石，就會知道答案。

在諾貝爾發明安全炸藥之前，普遍使用的工程用炸藥是硝化甘油。這是一種極度危險的炸藥，隨時會爆炸，炸得人體血肉紛飛，無數勞工就這樣死無全屍，魂魄縈留在異鄉的荒地。

一八八五年，橫貫東西岸的加拿大太平洋鐵路通車，有了運輸系統，貨運和商

1／將人誘拐並販賣到外地去作奴隸。

務活動都變得更加頻繁和方便，直接令加拿大的經濟起飛。

華人的確對社會做出了貢獻，可是他們的地位依然沒提升，因為其骯髒的外表，加上唐人街那種難聞的氣味，他們飽受白人的冷眼和歧視。

到了「大蕭條」[2]時期，白人失業率高企，社會輿論就開始責怪華人搶飯碗，儘管華人做的都是低賤的工種，都是充滿厭惡性的行業。

加拿大政府更為此立法，禁止華人入境，華人在該國的地位，當真只是比狗高一點……

§ § §

這是《金山》[3]一書的情節。

我會跟阿達談到這本書，也是因為他談起，最近看了馮小剛執導的《唐山大地

2、「大蕭條」（The Great Depression），是指發生於一九二九年至一九三九年間全球性的經濟大衰退。自第一次世界大戰後，美國經濟進入繁盛的年代，富人奉行享樂主義，熱衷於炒作股市，可是實質的民生經濟卻沒得到增長，遂形成了經濟泡沫。一九二九年十月二十九日，道瓊斯指數一天重挫23%，股市瞬間蒸發近千億，陸續引致全美近半數銀行倒閉，無數企業結束，失業人口達一千五百萬人，美國經濟衰退的影響波及其他工業國家，影響深遠。

3、《金山》，作者張翎，小說內容由清末華工方得法遠赴加拿大淘金修鐵路講起，詳細描繪了廣東開平一家五代人在異國他鄉悲苦的奮鬥歷程，以及他們與故土親人的悲歡離散。

震》[4]。我腦中冒出「唐生大地震」[5]的圖片，笑了笑，向阿達說：

「你知道嗎？這部電影是由小說改編，作者叫張翎。她是加拿大人，我以前在多倫多的時候，很後悔沒去拜訪她。她有一本書叫《金山》，我覺得寫得更好，不過足足有六百頁，翻完整本書，手都軟了。」

台灣有閱讀風氣。在公車上、在咖啡店……我都經常看見翻書的人——並不是只有拿著智能手機搓來搓去的人。

以前我住的那一區，那早餐店的老闆是個禿頭的胖子，他一有空，書不離手。阿達也愛看書，如果你在信義區誠品旗艦店地下的停車場看見停了黃色的計程車，就有可能是他的車。

我和阿達偶然都會談書——如果有一天香港的計程車叔叔會和我談書，我一定會感動得落淚的。

「金山？這本書是關於甚麼的？」

---

4 一九七六年七月二十八日北京時間凌晨三時四十二分五十三點八秒，中國河北省唐山、豐南一帶發生強度里氏七點八級的地震，持續約十二秒，強震產生的能量相當於四百顆廣島原子彈爆炸，整個唐山市頃刻間夷為平地，造成超過二十四萬人死亡。

5 「唐生大地震」一詞起源於香港網民戲謔唐英年的大宅違法僭建地下室。事件發生於二〇一二年二月中，正值二〇一二年行政長官選舉時期，在梁振英和唐英年各自推出選舉工程時，爆出唐英年家族名下的九龍塘獨立屋僭建千呎地牢，遂引來大眾議論，有網民推出臉書專頁，張貼諷刺時弊的大量惡搞改圖。

「就是關於華人移民加拿大的血淚史。」

我想起一輯叫《尋找他鄉的故事》[6]的紀錄片——過去一百年，華人為了謀生，都要遠走他鄉，雖然他們的老根在中國，但他們的枝葉散布世界各地。

「哦！黃禍！」

台灣人始終對大陸有排斥之心，聽了阿達的話，我只微微一笑，在心裡嘀咕：

「台灣人還不是都會移民外國嗎？」

我又想起在我成長的那一個年代，電視節目播出諷刺時弊的鬧劇——有一對香港夫婦想到加拿大產子，但嬰兒在飛機上就要出來了，媽媽死忍，怎樣也要等到越過加拿大邊境，才讓嬰兒出生。

§ § §

車廂裡正播出一首叫《獅子山下》[7]的歌。

6 《尋找他鄉的故事》是香港亞洲電視於一九九八至二〇〇四年期間製作的節目，講述在世界各地海外華人的生活點滴。

7 《獅子山下》是香港電台製作的實況電視劇集，述說香港市民的社會民生日常故事，反映草根階層的生活。一九七九年，黃霑為顧家煇作的曲子填詞，由羅文主唱。自此之後，這首與節目同名的歌曲在香港家喻戶曉。

當我知道阿達這個台灣人會聽羅文[8]的歌，不由嚇了一跳，儘管他對歌詞只聽個半懂，但他就是喜歡羅文的歌聲。

老一代人，都覺得七十至九十年代是香港的黃金歲月，那年代正與大陸的逃難潮重疊。因為香港接收了大陸的勞動力，各行各業開枝散葉，社會才有今日的繁榮。

阿達和我一邊聽歌，一邊聊天：

「聽說你們香港人早前曾因為『雙非嬰兒』[9]遊行了。」

「哦，我有看新聞……二〇〇〇年之後，有很多大陸人在香港生孩子，因為這件事，經常鬧得滿城風雨。」

「為甚麼大陸人這麼喜歡到香港生孩子？」

「《寒戰》[10]這部香港電影，你記得嗎？」

我故意繞了個圈子回答，因為我記得阿達說過，他老婆看《寒戰》之後，忽然開始迷戀香港警察……

8/羅文（1945.2.11~2002.10.18），為香港一九六〇年代末至一九九〇年代初著名實力派歌手，一九七六年憑藉主唱日本配音劇集《前程錦繡》主題曲一炮而紅，曾獲多個音樂榮譽獎項。有人稱他為「歌聖」，成就在「歌神」許冠傑之後。

9/「雙非嬰兒」是指父母均皆非香港居民的嬰兒。

10/《寒戰》講述香港警政內部的鬥智和權勢角力，剖析香港警法制度。電影由郭富城、梁家輝、劉德華三大影帝主演。

電影裡，劉德華講了一句超酷的台詞：

「香港能成為國際金融中心和亞洲最安全的城市，法治是我們的核心價值觀。」

假如我是大陸人，聽了這句台詞，心中立時便會渴望移民香港——就算自己今生無法成為香港人，也寄望自己的後代成為香港人。

香港的法律條文沿襲英國，而英國的法律基礎，就在其「三權分立」的政制。「三權分立」，即是「立法權」、「行政權」和「司法權」互不干預，有衝突時互相制衡。正如鼎的三足，「立法」（議事權）、「行政」（行政權）和「司法」（審判權）三大權力分別屬於三個地位相等的政府機構，以免其中一方濫權。

「外傭居港權」[11]鬧得風聲鶴唳，如果有香港人不知道這件事，他絕對適合到火星居住。

支持外傭的一方依據法理，可得到勝利。可是，此事與香港人的利益大有衝突，社會資源日益分耗，長遠下去絕對是壞事。比起菲律賓，香港簡直是天堂，將來一定出現菲律賓人湧來香港的熱潮。

11／「**外傭居港權**」**爭議，是指在香港連續工作滿七年的外籍家庭傭工，是否可根據《香港特別行政區基本法》第 24 條而擁有資格申請成為「香港永久性居民」，此案引起香港社會廣泛關注，因為一旦外傭一方勝訴並成為案例，便可引致數以十萬計的外傭取得永久居港權，改變香港人口結構。二〇一三年三月二十五日，香港終審法院最後裁定外傭爭取居港權敗訴。**

整件事背後，亦是普世人權價值與大眾利益的角力。

§ § §

法庭戰不精彩，法庭外的戰鬥精彩得多——

律政司司長袁國強向人大要求「釋法」，只要「釋法」一成，就可以反敗為勝，推翻法庭的判決，來一場博得大眾掌聲的逆轉勝……可以操縱遊戲規則的人，永遠是無敵的。

因為條文亦涉及「雙非嬰兒」的居港權問題，政府這樣做，算是借力打力，可以推翻終審法院在莊豐源[12]一案的判決。

§ § §

一九九九年的時候，我是高考生，與身邊的同學一樣，只關心考試，寧願看小說，也不會翻開報紙。我還記得，因為贈品，我訂閱了《星島日報》，學期初的時候，還會將報紙拿回家當餐桌墊，後來嫌重，故意忘卻自己曾訂報的回憶。

12／莊豐源的祖父莊曜誠，一九七八年從中國大陸來到香港定居，其兒子莊紀炎及兒媳婦則於廣東省汕尾市居住，並未取得香港居留權。一九九七年九月二十九日，莊紀炎夫婦持雙程證到香港探親期間誕下兒子莊豐源，後來莊紀炎與妻子返回內地，兒子莊豐源則留在香港與祖父母同住。按當時香港《入境條例》，莊豐源並不是香港永久居民，實屬非法留港，因而被勒令遣返。然而其祖父莊曜誠申請法援，入禀香港高等法院提出司法覆核。最後終審法院於二〇〇一年七月二十日判決莊氏勝訴，此一判決遂成為了「雙非嬰兒」獲居港權的案例。

每到了晚上六點至七點鐘，我都會進入自動休眠狀態，裝死屍一樣的躺在床上，總是錯過了晚上的新聞直播時間。

但有一次，我因為測驗成績「太好」，被「嘉許」到很晚才回家。路經電器店之時，恰好播出晚間新聞，十多台電視的畫面同時出現同一張男童莊豐源的笑臉。

我駐足，留意這則新聞，原來男童的父母都不是香港人，但他在香港出生。

由於他的父母沒有香港居留權，按照當時的《入境條例》，他不能取得居港權。這名男童能否合法獲得居港權，便成為眾所矚目的法庭案件。

結果，由莊豐源的代表律師勝出。

莊豐源能繼續留在香港讀書，每天上學，再也不用怕被抓。

電視螢幕播出莊豐源和同學歡聚的畫面。我相信，當年會有香港人曾為電視上那幕溫馨的場面而感動。

鏡頭一邊照著男童莊豐源，一邊照著肅然生威的法官，令我很想大聲喝采。和很多學生一樣，當年我不閱報，只關心個人前途，根本不了解整件莊豐源案的前因後果。

原來，在法律上有了案例，之後的法庭判決都必須遵照先例，所以莊豐源案關乎的不僅是莊豐源一個人的事，而是影響整個社會未來的大事。

當時，社會有輿論要求香港政府向全國人大常委會解釋《基本法》，即是「釋法」。甚至連中央政府都主動警告，此判決一成，將會後禍無窮。

可是最終香港政府沒有釋法，依照終審法院的判決來修改《入境條例》。

從終審法院的判詞中可看出，法官低估了香港的魅力和人類的劣根性，他們會鑽這種漏洞來港產子。

§ § §

在二〇〇一年以前，只有一千九百多名在香港出生的「雙非嬰孩」。由二〇〇一年至二〇一一年間，已獲居港權的「雙非嬰孩」已超過十七萬人。[13]

這些「雙非嬰孩」有望成為香港未來的勞動力，解決本地出生率極低的問題。可是他們現在飽受歧視，將來對香港會有感情嗎？

§ § §

再回到《金山》這本書的故事。

13／香港醫院管理局於二〇一三年四月二十六日宣布停止接收非本地孕婦在該年及次年的預約分娩，以確保本地孕婦在公立醫院可優先使用產科服務。而隨著「零雙非」政策實施，香港所有公立醫院無限期停止接受非本地孕婦預約分娩，所有私立醫院也停止接受「雙非孕婦」在二〇一三年一月一日或以後的預約分娩。此後「雙非孕婦」來香港產子的數目大幅下降。然而「雙非孕婦」在香港誕下的「雙非嬰兒」長大後，又與本地人子女爭奪學位，引起學位短缺問題。

作者取材自現實，靈感來自舊報紙，考究歷史資料，耗時十年才寫出這樣的鉅著。

故事主人翁是華人，他們身處異鄉，雖然活在歧視華人的社會風氣中，但依然得到白人的好心眷顧。西方人的信仰受基督教的教義影響極深，在神的國度下，人人都應該平等。耶穌基督說過，孩子的目光都是天真無邪的。

當白人的孩子和華人的孩子成為朋友，建立了友情，兩個民族就會慢慢由衝突變成融合，以相愛代替仇恨。他們的後代甚至可以結婚。

到了今天，第二代、第三代華人，在加拿大的地位大幅提高，華人子女都有接受平等教育的機會。很多頂級大學的畢業生都是華人，精算師、醫生、政府高官……都有可能是華人。《金山》作者張翎女士本身就是一名聽力康復師。

白人、黑人、華人、日本人……加拿大已真正成為容納了多元文化的國家。

塞翁失屋

「唉……」

在小客車裡，我垂頭喪氣，唉聲歎氣，一副苦命人的樣子。

駕駛席上的阿達聽了，目光仍專注在路面，用一貫豁達和樂呵呵的語氣安慰我：

「塞翁失『屋』，焉知非福！」

臨近過年，我突然要搬家。我回過頭，看著後方堆得滿滿的紙箱和大袋，已經有種頭昏目眩、疲憊不堪的感覺。

只不過來了台灣兩年零兩個月，我的家當已經多得十分恐怖，就算來回三趟客貨車也搬不光……

〔單是收拾這堆東西，我預算，將會拖延新書的進度至少一個月。〕

冤有頭，債有主，讀者要怪要打小人，也不要將這筆賬算到我的頭上。

該責怪的是，我的前房東。

乍來台灣，我住在淡水，天天看著河景寫作。

可是，結識了E小姐之後，為了近水樓台之便，我便搬到了天天讓我看著湖景思考劇情的內湖區。

對，我就住在湖光十色的大湖公園附近。

本來住得好好的，西曆新年伊始，房東忽來一信：

「不好意思，因為公司營運不佳，付不出每個月的銀行房貸本利，所以要賣掉房屋來減輕負擔……」

在此之後，房東曾帶人上來看過房子，可是談不攏。

按照台灣法例，我和房東的租約在十一月才到期，這期間我有權不走，而且禁止她和別人進屋。

可是，不怕一萬，只怕萬一，房東真的因此而倒債破產，恐怕會恨我一輩子，我良心也過意不去。

守望相助，能幫忙則幫忙，我主動寫信給房東：

「如果您有需要，我可盡快遷出，方便您賣房子……」

就這樣，在過年前，我要搬家了。

§ § §

我找阿達幫忙，他說OKAY，就借了朋友的客貨車來，包來回三趟，算我蠻便宜的。

在台灣，很多人要租房子，都是透過一個叫「591」的網站。網上的「租盤」琳琅滿目，資料詳盡，照片豐富，單是台北市，已有差不多一萬筆記錄。

大多數房子都是由屋主親自出租，不經地產經紀之手，租客和屋主雙方都省下一筆經紀費[1]。這種立約方式的先決條件，就是人與人之間要有信任。我的前任房東，略通面相之術，她看出我的面相是富貴吉格，所以很樂意將房子租給我。來了台灣之後，我更加確定，「人見人愛」是我的優點之一。

§ § §

這一趟車，我都愁眉苦臉，阿達也不知如何安慰我。

車子終於抵達我租住的新公寓樓下。

眼前呈現歐洲城堡似的建築物，三面環山合抱，蓊鬱山景綠意盎然，靜謐清幽，真正心曠神怡。

周圍一帶因為是台灣最高的學術單位，彌漫著人文氣息，初春一到，沿途的櫻花樹紛紛盛開。

1／通常在成功出租時，屋主須付一個月租金予地產經紀作為佣金，而租客則只須付半個月。

阿達有點意想不到，有點驚愕地問：

「是這裡？看起來像豪宅！」

「對呀，這是去年才建成的豪宅。現在，甚麼新屋都叫豪宅，亂來的。屋主買來投資，還沒住過，我是第一手。」

我按著遙控器，自動車閘應聲而開。

管理員出現，隔著車窗向我們微微鞠躬行禮。

就像進入鐵甲萬能俠的基地，車子直接駛進坡道，再上去寬敞的室內停車空間。

〔因為我很害怕讀者催稿和尋仇，當然不會透露住址，但聽說我的鄰居有明星和藝人……物以類聚，我將來一定會更紅的。〕

乘電梯，一出去，先經過有白色鋼琴的會客廳，到了園藝造景的中庭花園，流泉瀑布游泳池，瞧向右側的整片落地玻璃窗，有住客在健身房裡做運動。

再繞過花團錦簇的歐式廊道，終於到達我住的那一棟。

這裡的管理應用不少高科技，就像我家的門鎖，就是智能密碼鎖，有了它就不用帶鑰匙出門。

當我領著阿達打開大門，門後就是一片裝潢高雅的大廳，仿真壁爐，花布洋燈，白色五人座沙發，簡約風餐桌……

實用面積約三十六坪[2]，三房兩廳兩衛浴，格局方正，坐北朝南，最大的兩面窗外可見一大片樹海，陽光襯著綠蔭如水銀瀉地般灑下。

「幹！你租到這麼漂亮的房子，幹嘛還擺著一張臭臉？」

「唉，你有所不知，我壓力好大啊！現在，我如此容易就住進這樣的好宅，將來根本不能再忍受回到破爛的房子！」

我可不是說笑的，人在福中，就會擔心這麼夢幻的生活會破滅。就像吃過一碗無敵的叉燒飯，如果這輩子再也吃不到，那怎麼辦？

「……這裡的租金貴嗎？」

「沒有。只是比香港的豪華劏房貴一點。」

每次我向台灣人介紹香港特色，我都會播出在YOUTUBE上可找到的「劏房」特輯。最近我就給阿達看了豪華劏房的影片。搬進新居之後，單是我的主臥室，已比香港所謂的豪華劏房大得多，重點是我有浴缸，而且設有全自動免治馬桶。

唉，由十四坪（約**500**平方尺），搬到二十四坪（約**860**平方尺），現在住進三十六坪（約**1,300**平方尺）的公寓。愈住愈豪華，愈來愈富貴，令我擔心自己

2／台灣普遍使用坪作為面積單位，一坪等於約35.7平方尺，三十六坪即約1,300平方尺。

終有一天不能自拔，只有大得可以在家裡捉迷藏的房子才能滿足我！

不過，我也是有點運氣，才能每次都住進好宅……

我覺得，就像是豪宅在呼喚我，我根本沒有反抗命運的力量。

§ § §

台灣地產界有個極為不可思議的現象，就是樓價飆升，但租金低廉。

就像我之前租的房子，連裝潢總價約一千六百萬台幣，但我每個月包含車位的租金才兩萬台幣。也就是說，屋主要租給我六十七年，他才能賺回本金，當中還未將地稅和折舊的開支計算在內。

香港人的腦袋充滿創意，而創意都發揮在地產行業。台灣地產商皆以香港地產商為榜樣，東施效顰，學了很多招，譬如將公共空間計算到樓宇面積的手段，可謂一種「哈利波特」魔法一般的幻招。

台灣政府也緊隨香港政府的步伐，推出「兩年禁售期」這樣的招數。所以，這幾年台北市大興土木，高級的新樓宇林立，很多投資客買了房，不能轉售，就只好將房子出租。所以我隨便一租，都是樓齡不到兩年的全新住宅。

捫心自問，我真的不是甚麼有錢人，住在這樣的房子，真的非常心虛。家裡太太，只剩我一個人的時候，我也擔心會感到無盡空虛。

但，以這樣的價錢租到這麼豪華的大宅，如果不住，又太對不住自己。

〔我最近都在這種惶恐中度日，延誤了寫作的進度，真的問心有愧……〕

〔我在此答應大家，多出來的房間就是我的書房，我會在這裡看著一大片樹海趕稿，寫出更好的小說！〕

多虧了台灣，我在房租方面的支出不多，所以才有餘力繼續追尋自己的夢想。

§ § §

我是在八十年代長大的香港人。

小時候，我有一段住在深水埗「板間房」[3]的記憶。

板間房的租金不高，所以我爸爸才存到創業資本。

在我五歲的時候，我們就搬進了工廠，用木板隔間的房間裡有張「碌架床」[4]，房外都是紡織機運作的噪音。

那年代，租工廠也不貴，而我這孩子，就是招徠來富貴的，爸爸的生意蒸蒸日上，只苦了兩年，在我七歲的時候，就搬進了私人住宅。

3／「板間房」即用木板分隔的房間，數十尺至百多尺不等，洗手間和廚房是公用的。
4／「碌架床」即設有上下鋪兩層的床，為了節約空間而設計的傢俱。

那個家，窗台奇大，我小時候就是以窗台為床，三面環窗，在星光下熟睡，在晨光下醒來，迎接新的一天。

相信很多人當時的心態都是：

「香港是世上最好的地方。遍地是黃金，處處是機會，只要肯努力，就會有發達的希望！」

後來家道中落，不提也罷。

如果我爸爸不是病態賭徒，我現在就是富家子；但如果我是富家子，我就不會為自己的事業而奮鬥，用雙手拚出未來。

所以，禍福互轉，真的不能以一時論定。

§ § §

我來了台灣，最大的掛慮就是母親。

我媽媽，文革時，熟讀毛主席的語錄：

「地主階級對於農民的殘酷的經濟剝削和政治壓迫……」

受那時代的思想影響，媽媽一輩子都很吃得苦，做最低微的工作。

她善良，不怕吃虧，在資本主義社會，擁有這種特質，當然無法讓她成功——

這城市需要的，是腦筋動得快的「古惑仔」，SMART BOY。

中三時有篇文章，《媽媽的手》[5]，我每次讀完都想哭——

「媽媽，你手背上的筋一根根的，就像地圖上的河流。」

家道中落之後，媽媽出外工作，遇到的僱主大都涼薄。但她的毛主義學不到家，不會反抗，逆來順受，可是這樣一來，只會令僱主變本加厲。

媽媽一生勞苦，做洗碗工，每逢春節，她也不計較，願意到廚房開工加班。而這樣的她，卻被公司剝削，欺她學識低，沒簽約，就取消大部分只是口頭承諾的福利，連退休金也沒了。

政府推出最低工資之後，她打工的公司竟嫌她薪資高，將她的工資由$28.5降為$28[6]！她可是任勞任怨在那裡服務了八年啊！

幸好我媽媽有骨氣，最後辭工。本來她還想再做三年才退休，可是業主加租兩千，還要她預繳四個月的房租。媽媽終於頓悟，此地不留人，便接納我一直以來的建議，到台灣展開新的生活。

5〉《媽媽的手》，當代女作家琦君（**1917.7.24~2006.6.7**）的散文作品。

6〉《最低工資條例》於二〇一一年五月一日正式實施，首個最低工資定於時薪 **HK$28**；二〇一三年五月一日調升為時薪 **HK$30**；二〇一五年五月一日再調升至時薪 **HK$32.5**；二〇一七年五月一日經檢討後調升至每小時 **HK$34.5**。

聽說那位迫我媽媽自願減薪的經理，現在請不到人，不得不親自到廚房洗碗——如果我公開那公司的名字，很多人都未必相信，因為那是很有名氣的「Q嘜優質餐廳」。

金玉其外，敗絮其中。

世間都是逐利之人，但當逐利變成了剝削，這就是一種罪惡。

塞翁失馬，焉知非福？

全靠他們，我媽媽才肯來台灣，讓我有機會讓她過好日子。

§ § §

近年，香港的示威遊行變得特別多。

現在樓價瘋癲，升斗市民的大部分收入，都用來繳房租，或者背負三十年以上的房貸。

我實在不敢想像，當一個人年輕時美好的三十年都是房奴，這樣的人生算得上美滿嗎？真的無悔嗎？

擁有，有時只是一種負擔，令人失去化繭為蝶的勇氣。

上星期，我第一次來到這邊，參觀要租的單位。在下面的綠地等待，這期間，

E小姐驚叫了出來……

原來牆邊花圃的矮樹上，懸垂著三條毛蟲一樣的物體，紅綠斑駁，很是駭人。

細看後，E小姐告訴我，那好像是繭，然後她指著葉上，說：

「有蝴蝶啊！」

那蝴蝶輕輕展翼的樣子，真是好看！

我一感到興奮，就拿出手機不停拍照。

E小姐說：「連蝴蝶都來這裡結繭，環境一定好。」

我和E小姐看完房子，都很喜歡，決定要簽租約。

同一晚，我做了個美夢，看見一隻破繭而出的彩蝶……

感情價值

有一次，阿達指著車窗外的一間麵店，對我說：

「這家店很有名。」

要知道，台北人跟我介紹食店，地頭蛇的推薦非信不可。聽阿達的語氣，那間麵店就像有甚麼「不去一趟，枉到台北」的魅力。

可是，驟眼看來，那間店看來極為破爛，連招牌也缺了一個字，位於灰塵滾滾的馬路旁，恕我眼淺，實在看不出半點獨特之處。

再者，我自問熟讀台北市的旅遊書，竟然完全不知道那間店的店名，那一刻，我真的有一種很想閉關半月鑽研旅遊書的衝動。

「XX發跡之前，經常來這家店吃麵。」

真是的！害我還以為有甚麼特色！

原來只是某台灣富豪在人生貧窮階段愛到的店。

我好氣又好笑，但又怪不得阿達，因為有時候我在香港當導遊，也會指著中環的文X酒店，跟朋友介紹說那是一代巨星張X榮跳下來的地點。

§ § §

「你最近看過甚麼書？」

由於阿達知道我的本職是作家，這就是他對我打開話匣子的慣性問句。

我曾開玩笑，對他説過：

「我最近買了很多奢侈品。」

而我口中所指的奢侈品，其實是書本。

我解釋：「在經濟學上，書是非生活必需的東西，沒有精神食糧，大家照樣能活。」

我拉開背包的拉鏈，拿出一本書，揚了揚。

阿達立刻認出那個黑色基調的封面。

「哦！《錢買不到的東西》[1]！」

這一本近年在台灣熱賣的翻譯書，除了佔據各大書店的排行榜，也常常在大型超市的展架上出現。

作者是哈佛大學教授邁可・桑德爾，之前他將課程撰寫成《正義：一場思辨之旅》，已在全球各地造成轟動。

---

1 《錢買不到的東西：金錢與正義的攻防》（*What Money Can't Buy: The Moral Limits of Markets*），作者邁可・桑德爾（Michael J. Sandel）透過本書提醒讀者自省：世上有甚麼東西是無論如何都不該用錢去買的？

阿達露出洋洋得意的表情，在我面前炫耀：

「嘿嘿！桑德爾。我見過他本人呢。」

「你見過他真人？為甚麼？」

「就在二〇一二年十二月，文化部請過他來台灣演講。我去了呢！」

「怎麼可能？你是怎麼拿到票的？」

我一臉羨慕。

「那一天，我也不知道有演講。剛好搭載一位大學教授，他多出一張門票，就給了我。嘿嘿，多爽。」

阿達撿到這麼大的便宜，將計程車停在一邊，就進去聽講座了。

像他這樣的計程車司機，我已見怪不怪，將玩樂看得比賺錢更重要。

譬如，之前我媽媽和朋友到很遠的地方看畫展，那計程車大叔一時好奇，也跟著一起進場，還一起喝咖啡，樂滋滋的，消磨了半天時光。

阿達說過，開計程車是辛苦的工作，所以更加要樂在其中。由他這句話，可以引申出更深廣的人生禪理：

「做一件事再苦，也有值得快樂的地方。」

當了成年人之後，我們就會以利益的角度來衡量很多事，甚至賦予一個「定價」，追求「回報」，愈來愈計較得失。哪像小時候，做了一堆白痴無聊的事，一天就了無意義白混過去，卻會覺得很滿足和很快樂。

§ § §

在《錢買不到的東西》的前言，桑德爾寫道：

「生命中某些美好的事物，一旦被轉化為商品，就會淪於腐化或墮落。」

就因為這句話，又因為有六八折優惠，我買了這本書。

在買這本書的同一天，我早上在網上閱讀香港新聞，知悉了銅鑼灣利苑[2]結業的事，情不自禁，伸長脖子長歎了一聲。

說實在的，誰付得起租金，就可以租下黃金地段，這件事無可厚非，屬於市場的一切就該由市場來定價。價高者得，汰弱留強。

故此，大陸遊客比大部分香港人更富有，所以銅鑼灣和旺角都應該為人民幣服務，香港經濟獲利無窮。

以前唸大學時，我就知道，九龍人和新界人會到旺角，港島區的學生就會到銅

2／二〇一三年一月二十四日，於銅鑼灣駱克道黃金地段已經營四十載（一九七一年開業）、以雲吞麵和豬潤粥聞名的利苑粥麵專家，因業主加租一倍（由三十萬加至六十萬）無力經營而宣告結業。

鑼灣打混。漸漸，我發覺一些熟悉的店鋪消失了。雖然只是小事，但屬於大家的美好回憶就這樣一點點被侵蝕了。

我有一種恐懼，深怕有一天回來，會變得人事全非——將來的我看見的世界，會和童年的我雙眸裡的世界天差地別、截然不同。

一間又一間老店倒下了，取而代之者，都是一間間財大氣粗的連鎖店。

小時候的文具店、租漫畫店、遊戲機中心……那些小店，提醒了我們，甚麼是時代的變遷，和一種奮鬥打拚的精神象徵。

而那些裝潢華麗的新店鋪，卻告訴我們，原來只要有錢，就連別人的回憶都能買下來。

現代的縫隙容不下古老破敗的東西。

舊建築，老店鋪，都會變成都市影子裡的幽魂——

我說是幽魂，因為它們會在我們回憶中揮之不去。

有些東西，沒有市場價值，卻有市場以外的價值。

§ § §

他是香港一位名醫，比我大十歲，彼此只有數面之緣，我是從港大宿舍的學長口中，認識了這個人。

「嘩！當時文學系有四大美女，他娶了其中一個，真是令眾人羨慕不已。」

當學長這樣說的時候，我和朋友面面相覷，額頭都有冷汗——那人的老婆我們也見過，雖然不該評論別人的老婆，但以當時我們世俗的眼光，對學長這番讚美之詞，實在不敢苟同……港大文學系又不可能只有四個女同學……可能是年代不同，審美觀也有所不同……嗯，一定是這樣。

夫妻吵架，憤而離婚，這種事司空見慣，如果以香港的離婚率來估算，至少半班同學都是在單親家庭中成長。我見過有位大哥整天嘻嘻哈哈，為人非常樂觀，但只要一到了家門，整張臉都會拉下來，印堂發黑，愁眉不展。

男人之苦，一言難盡。

多年前，真的很多年前，我曾聽說，這個娶了文學系四大美女之一的男人，鬧到了要離婚的地步。

他一個人出來散心。那時候，維多利亞港的海水還不是很濁，晚風輕拂，沁人心肺。他走到了天星碼頭——清拆前的舊中環碼頭。

人哪，對一草一花都會有感情，再理性的人都會觸景生情。

對他的愛情來說，當年第一次牽起她的手，就是在天星碼頭附近。

因為她住在九龍，談戀愛時，他送她回家，都會坐船。比起地鐵，渡輪是緩慢的交通工具，但就是比較浪漫。省錢是其次，最重要是可以多陪對方片刻，依依不捨，情比金堅。

在那個差點簽字離婚的晚上，他乘搭一趟小輪到對岸。

「只要沒有忘記當初牽手的感覺，這段感情就能走下去。」

他應該想起來了，曾有多少個晚上，他獨個兒坐船回來，但心中都是甜蜜的感覺。尋回了一點昔日的感覺，他打消了離婚的念頭。只是若干年後，我從別人口中聽說，他還是離婚了。

那一年，剛好是天星小輪拆卸的一年。

我不知道他是剛好心情抑鬱又走過碼頭，還是只讀了報章，導致他認為是甚麼天意之類的兆頭。

「連天星碼頭也不在了，是時候完了……」他沒有信心繼續下去。

隨著天星碼頭的殘瓦運到堆填區，他的婚姻也進入了墳墓。

我是個愛編故事的人，聽了別人的故事，忍不住胡思亂想：

「如果天星碼頭沒有被拆，他的婚姻會不會有挽留的餘地？」

這是個天真的想法——但任何人都不能否認，每段感情的終結或延續，往往只在一念之差。

§ § §

事過境遷，政府用行動教會我們，沒有價值的東西，就要拆掉，念舊的人在這裡只會過得不愉快。

人要往前看，再繾綣過去，只是徒傷悲。

只是，陪伴我們成長的一切日漸消失，當我們老了的時候，回望舊地——

昔日的感覺還在嗎？我還是我嗎？

改變了的，不僅是城市的面貌，還有我們的心境。

黃霑叔叔填詞的舊曲《問我》在腦中響起……

忘不了的

「我有一個初戀情人，至今依然忘不了。」

當阿達這番話乍入耳裡，我的肩頭微微聳動。

計程車裡曾出現過阿達、老婆和女兒的合照，一家樂也融融，夫妻恩愛，我還以為阿達是個用情專一的漢子，殊不知他在結婚之後，心中還有別的女人。

不過，阿達只是在精神上出軌，在行為上沒出軌，這樣的事絕不是罪過。

「我的初戀情人，今年六十歲。」

「……」

我片刻無言。

阿達今年三十五歲，也就是說，他的初戀情人比他大上二十五歲。我愛編故事的腦袋，忽然出現了各種情節，最大的可能性就是師生戀……

這一刻，我才對阿達的舊情史燃起了興趣，就像心理學者盯上了精神病人的怪癖。

我好不容易裝出開玩笑的口吻，問他：

「初戀情人？現在，你跟她還有來往嗎？」

阿達皺著眉，搖了搖頭，眼神中有幾分憂傷。

「她已不在人世了。我上個周末，才去過她的墓園……」

天哪！更精彩了！

在愛情上，活著的人永遠鬥不過死去的人。

我鼻頭哽咽，開始同情阿達的老婆——她只是一件代替品嗎？

我瞧了瞧，想不到阿達其貌不揚，既不英俊瀟灑又不風流倜儻，卻有過這麼一段刻骨銘心的愛情。

阿達接著説，她在山的另一邊，那裡風光綺麗，花好月圓，與海風輕柔的北海岸為鄰。在小灌木排成音符圖案的花園裡，住了個美人兒。她熱愛音樂，無數人遠道而來，都在她的墓前獻花致敬，連小鳥也學著她的模樣兒，在樹杈上哼哼和鳴。那裡有個動聽的名字，她的本名裡有個「筠」字，所以叫「筠園」[1]……

§ § §

「大哥……你的初戀情人是鄧麗君[2]嗎？」

1／「筠園」，是台灣一代歌星鄧麗君的紀念公園，也是她的墓地，名字取自其本名鄧麗筠，建於一九九五年，位於台灣新北市金山區金寶山墓園內。

2／鄧麗君（1953.1.29~1995.5.8），台灣著名女歌手，其歌曲在華人社會、日本、東南亞等地廣泛流行，深受民眾喜愛，她的演藝事業對華語樂壇帶來了深遠影響，有「只要有華人的地方，就有鄧麗君的歌聲」、「十億個掌聲」等說法，她更被譽為華語流行樂壇永恆的文化符號。

當我知道真相的一刻，有一拳揍向他的衝動。

不過，會將鄧麗君當成初戀情人的男人，我還是第一次遇到。

在時代上，我絕對要跟阿達劃清界線。

我腦中，自自然然冒出這樣的畫面——

有個還沒發育的小毛頭，看見偶像在電視上出現，就貼著螢幕狂吻……

§ § §

台灣是鄧麗君誕生的地方，也是她長眠之地。

台北近郊金山區有一片靠山面海的墓園，名為「金寶山」，居高臨下，盡攬海天一色，佔據一大片山頭。

山巒翠綠，天空廣闊，絕美的風景就像鄧麗君的名曲般怡人。

橫山遍嶺下來，足足綿延三里的範圍，都是一座座劃地呈方的先人寶穴，規劃完善，碑碣錯落有致，富人更有他們專屬的造型墓園。四處可見雕刻大師朱銘[3]先生的作品，環境如此優美，難怪連白鷺鷥都飛來，花蝴蝶舞上一回。

3／朱銘，一九三八年出生於台灣苗栗，台灣著名雕塑藝術家，其作品融合了傳統木雕與現代雕塑的精神，並富有生命意味而為人所尊崇。

金寶山墓園的宣傳單，有這樣的標語：

「讓掃墓變得像郊遊一樣愜意。」

此非虛言，園區裡，確有日光苑、萬佛寺、金寶塔、玫瑰園和筠園等景點。

我跟著E小姐拜祭她的爺爺，有緣去過那邊。

用傳統風水的角度來看，那裡是千載難逢絕頂吉格的寶穴，福蔭後人，難怪E小姐的姐姐嫁給有錢人，她的老公又是個高大威猛、浪漫多情、前途無可限量的香港作家。

筠園是個很有趣的地方，附近就是鄧麗君紀念館，山巒之間，飄揚著自動點播機的歌聲，都是《何日君再來》、《小城故事》這些膾炙人口的成名曲。

園內有個巨型琴鍵，以為是假的，踏上去，竟會發出悅耳的樂音，總有小孩在琴鍵上亂踩一通，笑得樂不可支。

待那些臭小孩離開，我和E小姐就跑過去搶著玩，看著一襲清裙的E小姐用腳蹁躚出一首《LONDON BRIDGE》。

§ § §

思緒回到計程車裡，我又想起了甚麼，側首向阿達說：「借你汽車音響的AV

線來用一用。」

為了給阿達一個驚喜，我將 AV 線插頭插進 iPhone 的耳孔，然後播出 KKBOX 的下載音樂。歌曲的第一句緩緩穿透兩側車門的揚聲器溢出：

「我的家在山的那一邊，那兒有茂密的森林……」

阿達一聽，就聽出是鄧麗君的聲音，睜大眼與我對望，有種惺惺相惜之態。

「我是為了搜集寫作題材，才聽她的歌。」

雖然我說的是實情，但難免臉紅耳熱。

阿達只是傻笑，也不接話，靜靜和我一起聽歌，曖昧的氣氛忽然變得明朗了，兩個大男人聽這種歌不再是值得害羞的事。

「你為甚麼喜歡鄧麗君啊？」

「因為她的歌聲有理想，令人充滿力量。」

阿達認為，唱歌有三個層次——

唱得好聽，這是最基本的條件，唱也唱不好，就當上了歌手，這簡直是丟臉；第二個層次是歌唱技藝超群，表演出獨一無二的風格；而最高的境界就是用歌聲觸動每個人的心靈深處。

我笑了一笑，心有所感：「寫作豈不是一樣的道理？」

阿達似在回憶往事，然後幽幽地說：

「鄧麗君成長的時代，可以說是台灣的黑暗時代。『二二八』[4]這個數目是個禁忌，在戒嚴時期，連說也不能說。這件事上死了多少人，至今也沒有實際數字，資料都被當時的官方封鎖了。人民一反，就有軍事鎮壓。台灣的知識分子在被摧殘、整肅之後，都開始自鄙自辱，處處不敢違逆統治者。那是台灣的『白色恐怖』[5]時期。」

阿達眨了眨眼，忽然補充一句：

「你不覺得跟某國的情況很像嗎？」

嗯。我對台灣的歷史感興趣，開始探究下去，才知道「二二八」和「美麗島事件」[6]是甚麼一回事。

4 「二二八事件」，是指發生於一九四七年二月二十七日至五月十六日軍隊鎮壓及屠殺台灣民眾的慘劇。是次事件的導火線為查緝員捉捕及打傷販賣走私煙者，由此激起不滿情緒積壓已久的群眾對查緝員進行反攻，混亂中查緝員向群眾開槍，憤怒的群眾遂衝向警察局和憲兵隊作出抗議，並引發全島民眾大規模反抗政府行動，國民政府見狀派軍隊鎮壓、屠殺及槍決平民，釀成大量傷亡。

5 「白色恐怖」（White Terror）一詞，泛指國家、政府所發動的大規模鎮壓、槍殺革命黨與革命分子的殘暴行為。

6 「美麗島事件」，是指發生於一九七九年十二月十日「國際人權日」的一場重大官民衝突事件。當時以美麗島雜誌社成員為核心的黨外人士，為爭取民主與自由而組織起群眾示威遊行，國民黨政府對此採取強硬鎮壓政策，演變成官民暴力衝突。

在蔣氏家族掌權的年代，台灣人受到專制統治，言論自由彷彿是遙不可及的妄想。我也聽岳母説過，在戒嚴時期，她父親被抓了，害她母親焦心失眠了好幾天。

蔣家麾下的白色恐怖，曾令無數知識分子緘言。但沉默不代表放棄反抗，屈服也不等於放棄，潛龍勿用，只是在靜待天時地利人和。他們從來沒有放棄改變的希望。

台灣的戒嚴令，由一九四九年開始，直至一九八七年才解禁，台灣擺脱國民黨的一黨獨大，開放媒體及國會全面改選，人民前仆後繼爭取的總統直選亦出現了，和平邁向了民主化時代。

曾有多少母親，為她們被囚禁在「綠島」[7]的孩子們，長夜哭泣？

昔日的綠島是囚禁政治犯的地方，現在已成為台東著名的旅遊景點。台灣的民主，得來不易，都是前人用性命換回來的，都是有血有淚有犧牲、在絕望後重獲曙光的過程。

二月二十八日是台灣的公眾假期。

這一天，定為「和平紀念日」，就是為了紀念這件事，叮嚀後人不要忘記曾為民主奮鬥和犧牲的前輩。

7／「綠島」位於台東東方約三十三公里的太平洋上，為台灣國民黨政府於戒嚴時期作為監禁政治犯的流放地。

§ § §

六、七十年代，台灣報章都是政府的喉舌，很多作家都用不同的筆名發表文章。

台灣社會封閉，甚至有宵禁。偏偏在那個時代，兩岸三地之中，以香港的社會體制最為開放。香港是唯一有言論自由的地方，因此成為了華人文化的搖籃，文壇出了金庸先生和倪匡先生兩位巨匠，歌壇巨星風骨歌藝並存，電影界和漫畫亦是能人輩出，周星馳、成龍、黃玉郎、馬榮成……就連電視台的劇集，都是五光十色，創意十足，尺度亦大膽，劇中角色都是大眾身邊的小人物，有血有淚，陪伴觀眾一起哭笑和成長。

其時，香港的文化產業相當蓬勃，充滿機會。

§ § §

有人說過：「民主這一套，是西方人的東西，對我們來說不適用。中國有中國獨特的發展模式。」

我也曾經以為，中國人身上只有深入骨髓的奴性，他們的基因裡沒有民主的基因，一代沒有，下一代就沒有，這是遺傳學告訴我們的結果。

可是——

台灣不是有民主嗎？

台灣的民主尚在起步階段，只有不足三十年的歷史。外人看見陳總統貪污入獄[8]、馬總統一鼻子灰[9]……他們也許會覺得，有民主未必是好事。

可是，這些人都忽略了，民主可以產生一個修正的過程，在一條死胡同裡開闢出新的道路。

§ § §

好花不常開，好景不常來，過去十多年，與鄰近地區比較，台灣在經濟發展上滯緩，令老一輩的知識分子不禁問蒼天：

「這就是我們沐血拚命換回來的民主嗎？」

在阿達眼中，民主是管用的，至少官員顧忌民意，腐蝕的枝節不會害整株大樹倒下。

當他問及我的看法，我故意不表明立場，繞圈子回答：

「我最近看了一本書，叫《國家為甚麼會失敗》[10]。這本書的英文版 WHY

8／陳水扁，一九五〇年生於台南市官田，暱稱「阿扁」，二〇〇〇年至二〇〇八年任台灣總統。由於涉及龍潭購地案被判入獄二十年。

9／馬英九，一九五〇年生於香港，二〇〇八年至二〇一六年期間任台灣總統。

10／《國家為甚麼會失敗》，作者為戴倫．艾塞默魯及詹姆斯．羅賓森（Daron Acemoglu，James A. Robinson）。由本書作者的研究顯示，窮國之所以貧窮，不在於命定的地理因素，也不是傳統文化作祟，而是執政者刻意支持特權菁英，代價是整體社會的利益，繁榮富裕的關鍵，在於這個社會採行何種經濟制度與政治制度。

NATIONS FAIL 早就面世，近來才推出中文版，超厚的，五百六十頁，難怪要翻譯這麼久。」

「真的很厚。」

「我問你啊，為甚麼『工業革命』不是在亞洲發生？拉丁美洲和美國發展的時間差不多，為甚麼美國後來會變得富強那麼多？美國的愛迪生成為偉大的發明家，迪士尼、荷李活和電腦革命在美國出現……這些都是偶然嗎？」

我無意在阿達面前賣關子，直接說：

「這本書的作者提出了很特別的見解：經濟長久繁榮的關鍵，是在政治！」

我回想著作者寫的內容，續說：

「人類歷史上的政制，簡而言之，只有兩種，就是榨取式制度與廣納式制度。這兩種制度的差別，在於如何分配創造出來的財富，榨取式制度就是將大部分社會資源分配給少數菁英。國家企業壟斷之下，就會扼殺有潛質的小企業成長，在極度不平等的社會，貧窮一代傳一代。如果是這樣的話，按照作者的理論，這個國家的經濟成長就會碰壁，走向沒落之路。」

在書裡，作者經常用一個經濟學名詞：「創造性破壞」（CREATIVE DESTRUCTION）；汽車的發明取代了馬車就是一個例子。

在自由開放的社會，偉大的創意才會出現。

雖然外界對前總理溫家寶質疑，但他確有先見之明，對中國的未來提出警告，除非政治改革立刻上路，否則經濟成長將遇到瓶頸[11]。

§ § §

有中國人的地方，就有鄧麗君的歌聲。

有一件事關於鄧麗君的，年輕一輩可能不知——

她從沒踏足中國大陸的國境，卻對這片大地生出由衷的感情，至死不渝。

她曾在赤柱泳灘的淺沙上留下足印，曾佇立在最接近大陸的小島金門，卻跨不過那條透明的邊境線。

那裡是父母口中的故土，在山的那一邊，在海的那一端，她最大的夢想曾經是到那裡演唱，卻一直無法如願以償，儘管她的歌聲一直在每個中國人的家裡繞樑韻永、餘音嫋嫋。

攝影機真是偉大的發明，由此發展出電影，一張張菲林底片保留了故人的倩影，螢幕上音容宛在，歌聲永遠活在每個人的心裡。

11／關於前總理溫家寶的言論，可於網上搜尋〈北京兩會報道手記：溫家寶記者會〉，《BBC 新聞網》，刊於 2011.3.14。

§ § §

在網絡上，依然可以重溫鄧麗君以靈魂發出的吶喊：

「你們好，我是鄧麗君。我現在來到金門廣播站向大陸沿海的同胞們廣播，我今天要跟大家說的是，我很高興地能夠站在自由祖國的第一前線——金門，我感覺到非常的快樂、非常的幸福。我希望大陸的同胞也可以跟我們享受到一樣的民主跟自由，唯有在自由民主附設的生活環境下，才能擁有實現個人理想的機會；也唯有全體青年都能夠自由發揮聰明才智，國家的未來才能充滿光明和希望。在這裡祝大家身體健康，民主萬歲！謝謝！」[12]

§ § §

一代巨星令人難忘，因她擁有這時代缺少的風骨和勇氣……

12／在 YouTube 上搜尋「鄧麗君在金門向大陸喊話」，可找到鄧麗君親說這段話語的影片。

中華英雄

晚上十一時，時間已接近深夜，但東京巨蛋體育館裡仍然燈火通明，四萬多個座席人頭攢動。

球場上演中華隊對日本隊的棒球大戰。[1]

中華隊就是台灣隊，因為某些特殊緣故，台灣隊參加國際賽事，只是冠以「中華台北」[2]的名號。

「甲子園」[3]三字，在日本人心中烙下「青春與夢想」，由此可見棒球在日本人心中的地位。

對台灣人來說，也是一樣。

在一九七〇年代，台灣少棒、青少棒和青棒六度達成三連冠，打遍亞洲無敵手。那是一段輝煌的歲月，台灣家家戶戶，老幼婦孺都會齊聚在電視機前，一同歡呼喝采。

1 二〇一三年世界棒球經典賽（2013 World Baseball Classic）於三月舉行。三月八日進行中華隊對日本隊的賽事。

2 因為受限於大多數國家只承認中華人民共和國「一個中國」的外交政策，中華民國政府幾乎無法以主權國家的名義參與各種國際活動。一九八一年三月二十三日，中華奧林匹克委員會與國際奧林匹克委員會在瑞士洛桑簽訂協議與核准之後，決議台灣可採用「中華台北」的名義，作為參加國際體育運動代表團的名稱。

3 「甲子園」，全名為「阪神甲子園球場」，為全日本高中棒球比賽的全國大會場地。

那年代的電視機，是箱型的，體積很大，螢幕卻不大，家裡買不起電視機的人，都會到鄰里家裡一同看球賽。

棒球是台灣的「國球」，曾是榮譽，也是恥辱[4]。當下黃金世代彷彿重臨，在美國大聯盟發展的郭泓志、王建民回台歸隊，助球隊殺入八強戰，對上最強王者日本隊。

日本隊的正選陣容，年薪超過4.5億港幣（**其實任何一間香港公司的市值，都遠超此數**），球場上的十四個球員，代表的是大和民族的國魂。

在前兩屆賽事，日本已連奪兩屆冠軍，這次朝三連霸的美夢出發。

現在是九局上半。

兩人出局，好球數兩個，壞球數三個，正是最緊張的「兩好三壞」局面。

投手丘上的投手是背號99的陳鴻文。

豆大的汗珠沿著他兩頰流下，他當然比誰都更清楚，只要再投一個好球，就可以解決日本隊最後一名打者，台灣立刻可以奪得晉級的資格。

4／台灣的棒球運動源於日本的殖民統治時期（一八九七年－一九四五年），甚具濃厚的殖民主義色彩；戰後和平初期（一九四五年－一九六〇年代），觀賞棒球賽成為了台灣民眾生活的一部分。於一九七〇年代末期，基於會籍問題，中華隊無法參加世界賽事，在這段期間內，台灣失去踏足國際棒球賽舞台的機會，可說是最灰暗的年代。會籍問題最終在一九八〇代初期獲得解決，中華隊得以「中華台北」的名義再次參與重要國際賽事。

日本隊一定沒想過，竟會被這支同為島國的棒球隊逼進到如此可怕的絕境。

中華隊在第三局先馳得分，在第五局再得分。

到了第八局，在2比0落後的情況下，日本隊追回兩分，可是中華隊在八局下半再擊出安打，奪得第三分，形成了3比2的局面，中華隊領先。

第九局是最後一局，九局上半就是日本隊最後追平的機會。

日本人口一億二千多萬，相比之下，台灣人口二千三百多萬，僅有日本五分之一。如果日本隊在主場落敗，怎麼向國民交代？

日本隊一方的壓力也相當沉重。

陳鴻文手上這一球意義重大，大到可以締造歷史。

§ § §

聚精會神注視這場球賽的人，除了東京巨蛋裡的觀眾，還有螢幕前的觀眾。

在台北信義區新光三越百貨的巨大螢幕下，擠滿了黑壓壓的球迷，屏息凝神地盯著球賽轉播。

「這一刻，台灣人的心都連在一起了。」

阿達在FB上留言，並同時上傳在信義區那邊拍攝的照片，想不到他跑去那邊看球賽了。

〔因為我要趕稿——如果你相信這個理由——所以留在家裡，只能在電視螢幕前湊熱鬧。〕

〔不過很明顯，我不可能一邊看電視一邊寫稿吧。〕

看到最緊張的時候，我和E小姐都是跪著看的，因為熱血沸騰，根本不能躺著。

「轟出去！轟出去！轟出去！……〔**×100次，從略**〕在東京球場打敗日本！這輩子第一次看棒球直播，看到一場很棒的比賽，精彩到爆！」

我也在FB上留言了，這個行為叫「集氣」，好像可以集合大家的念力，來令戰局朝眾人期望的方向發展。

因為我對阿達的留言讚好，他回覆了一句：

「港仔也看棒球賽啊？」

「對啊！自小我就愛看日本漫畫、動畫，以前和表弟打電動，常玩棒球GAME，所以我對棒球規則還算滿熟悉的。」

台灣人曾是日本殖民地，日本文化對台灣的影響極深，在老區的舊巷裡，依然可見日治時期的建築。

在《海角七號》[5]這部電影，老郵差茂伯會對日裔的女主角講日語，原來是很尋常的事，老一代的台灣人都接受日本的教育長大。

近朱者赤，近墨者黑，和日本人一樣，台灣人普遍很有禮貌。台灣人收錢或者接物，都會用雙手，我才想起小時候，我接東西不用雙手是會挨罵的。

交通工具的車廂裡，即使沒有孕婦或老人，「博愛座」都是空著的。

球員在國際的表現，其實是整個國家的國民素質反映出來的結果。

而看看觀眾席上的球迷，也可見一斑——日本有球迷在場舉起橫額，內容是感謝台灣人在「311大地震」[6]捐款賑災，這一幕攝入轉播的畫面，都令台灣人心頭暖暖的。

古希臘人追求美的東西，包括哲學、數學、藝術……還有人類強壯的體魄，所以才有「奧林匹克運動會」。運動是很奇妙的活動，和藝術一樣，可以跨越階層和種族。

5／《海角七號》，台灣電影，於二〇〇八年上映，內容講述一九四五年二次世界大戰結束後，台灣的日治時期也隨之終結，一位日本籍教師在遣返船上，寫下他給台灣籍女學生兼愛人七封情書的故事。

6／二〇一一年三月十一日，日本當地時間下午二時四十六分，東北部海域發生里氏九級地震，並引發廣泛海嘯，而地震後更造成日本福島第一核電站第一至四號機組發生核洩漏事故，造成重大人命傷亡和財產損失。

美國有四大熱門運動：棒球、籃球、美式足球和冰上曲棍球。美國各州都會有地標性的體育館。

在美國，貧富懸殊也相當嚴重，但每當到了球賽舉行的時刻，不同階層、不同膚色的人都會齊聚一堂，在同一排觀眾席上，為自己支持的球隊吶喊打氣。

加拿大的國球是冰上曲棍球，多倫多楓葉隊（TORONTO MAPLE LEAFS）顯赫一時。每當有人在窗口掛上國旗，或者汽車車尾插著楓葉隊的小旗，我就知道當天有重要的比賽。在世界盃舉行期間，這輛車插著意大利的小旗，那輛車貼滿德國的貼紙，煞是有趣，一眼就看出車主是來自哪一國的移民。

§ § §

我很喜歡運動，說出來有點慚愧，我以前唸大學時，待在運動場上的時間總是超過待在課室裡的時間。我會為了看球賽而蹺課，大學裡舉辦的球賽，我都幾乎看過，所以才會動筆寫出甚麼「運動系列」。

我的宿舍很看重運動競技，在球場上大顯威風的人，都會是英雄。

初時我不明白，都已經是大學生了，又不是要當職業運動員，幹嘛還要那麼辛苦練球和練跑？

「你覺得體育運動，對我們來說有甚麼意思？」

這是我在宿舍面試時遇上的題目。

直到我住了一段時日，透過親自體會，才找到答案：

「運動可以凝聚大家的心，令大家自覺屬於一個群體。」

ONE FOR ALL. ALL FOR ONE.

§ § §

反過來說，如果一個國家的人民不團結，就算有十數億人口，此國在多人以上的球類競技也不會有輝煌的成績。團體運動的強盛，與國家人口並不是正比關係。葡萄牙人口只有一千萬，但葡萄牙隊是世界盃的強旅，毫不比大國遜色。

運動球員職業化，令美國運動業發展蓬勃，無數球星在美國誕生。單是NBA在全球轉播的授權費，已為業界帶來可觀的收入，一大筆錢都落入美國企業的口袋裡。英國、西班牙和意大利的足球聯賽，每年也為國家賺進不少外匯。運動事業有利可圖，難怪各國都搶著爭取奧運會和世界盃的舉辦權。

在棒球賽轉播期間，主持人忽然提到某職業棒球員的年薪，那金額非常可觀，甚至很多台灣人一輩子也賺不了那麼多錢。

E小姐雙眼亮了一亮，問我：

「你可以賺到那麼多錢嗎?」

「當運動員是一個很殘酷的職業。WINNERS TAKE ALL……只有最 TOP 的少數%可以賺最多的錢。要成為少數成功的人，真的不簡單……」

我想了一想，悄聲吐出一句:

「作家這行業也是一樣。」

E小姐耳朵很靈，她聽見這句話，面色變得很難看，忽然很擔心我們的將來……

就是因為很艱難，成功極為渺茫，才值得我們挑戰。

要做，就一定要做得最好，目標是最高的頂點。全靠運動磨練出來的心志，我才一直堅持到現在，身體強壯到連醫生都忍不住說:「你身體上最大的毛病，就是太健康了……」

有意義的人生，就是找到讓自己燃燒生命的地方。

我有時候覺得，體育界的明星不僅是人人崇拜的偶像，他們也是凡人的精神支柱。一分耕耘一分收穫，這個行業很少有不用練球的天才，所有球員需要奮鬥才會成功。

英雄莫問出處，窮少年可以拚出一番成就，並得到世人的矚目。而他們成功的故事可以激勵更多人，令整個社會步向良性循環。

§ § §

「黑哨」[7]、球賽造假……這種事曾在台灣的職業棒球界發生。一九九七年爆發職業棒球賽簽賭案，二〇〇九年又被揭五次打假球事件。台灣職業棒球賽的入座率，跌到每場賽事不足五百人。台灣棒球界進入了黑暗期。

昔日台灣棒球的支持者感到極度失望，遠離電視機，不再看棒球賽。可是，希望往往是在黑暗之中重生，還有一群默默努力的球員，他們在毫無退路之下，揮出一棒又一棒，用汗水來灌溉台灣棒球界的未來。

王建民，自二〇〇〇年開始，就在美國追夢，二〇〇六年成為大聯盟的勝投王，被譽為「台灣之光」。但因為運動傷患，他往後數年陷入低潮，萎靡不振，由大聯盟退伍。直到二〇一三年的棒球經典賽，他在對日本一戰中重返球場，首六局沒失分，在他的球威下日本隊的選手拿不到一分，賽後日本人封他為「世界之王」。

郭泓志，旅美職業棒球選手，手肘韌帶曾經斷裂三次，動過三次手術，但仍然

7／「黑哨」一般是指在職業運動比賽中，裁判違反公平、公正的原則，因收受賄賂，或受到威脅，做出有意的誤判、錯判、漏判等，從而影響及主導比賽結果。

沒放棄棒球，美國人稱他為「打不死的蟑螂」。

陽耀勳，出身貧苦的棒球少年，在對韓國一戰中，投球投到手指出血，觀眾都目睹他在球褲上抹出的血跡。

§ § §

三月八日的棒球賽，打破了台灣收費電視台的收視率紀錄。

在電視前收看轉播再度成為全民運動。

背號99號的球衣在熾熱的棒球場裡扭出縐紋，陳鴻文投球了，凌厲的快球帶著風壓，接近本壘。

是個好球。

這球如果沒有被打中，就會直入捕手的手套，然後結束比賽，和衝出來的隊友一同擁抱——

砰！

清脆的一聲，球斜斜的飛向半空。在最後的關頭，日本隊的井端弘和絕地大反攻，打出一記長打，將跑者送回本壘包，追成三比三平分。到了延長戰，日本隊再取一分，反敗為勝。

這場苦戰，中華隊和日本隊兩方各換了七次投手，全員上陣，絕對是竭盡全力的惡鬥。

儘管不甘心，中華隊的隊員還是忍著淚，脱下球帽，在球場中央向觀眾致謝。

雖然有遠赴日本觀看球賽的台灣球迷，但在場的觀眾絕大多數都是日本人，比賽完畢，他們沒有急著離去，紛紛用響個不絕的掌聲向台灣隊致敬——

就算輸了，他們贏得日本人的尊重，贏得所有人的掌聲。

「邊吃飯邊看棒球真的會消化不良，都快吐了！」

「我要跳鄭多燕[8]放鬆一下了！我想贏日本！」

「雖然輸了，不過真的是太變態、太帥氣、太偉大也太好看的比賽了。好了，接下來是另外一場更堅硬的戰役了，廢核！我來了！」

球賽結束當晚，我的FB被洗版了。

那一刻，我看見台灣人的團結，融入了台灣。

8／鄭多燕，一九六六年出生，韓國著名運動健身教練。她曾於婚後由原本四十八公斤的苗條身材暴肥至超過七十公斤，而在醫生的指導下她展開瘦身運動，回復到四十九公斤的健美身材。她創造的一種名叫"Figure Robics"的健身運動受到大眾追捧，因而成名。

殺人工具

翻開報紙，無論在香港抑或台灣，有一類新聞幾乎天天都有——就是交通意外撞死人的悲劇。每宗交通意外的背後，簡單來說，都有一個或多個受害者，再加上責任較大的肇禍駕駛者。

憑我閱讀新聞的經驗，大難不死的往往是司機，無辜慘死的通常是路人或者乘客。**〔科學能解釋這一點，駕駛座是最安全的位置。〕**

「馬路如虎口，行人莫亂走。」

——這就是我今篇要教大家的人生道理。

「車子一到路上，就是一件殺人工具。」

——這個概念，亦希望大家可以畢生銘記。

我老早就想談一談台灣的交通情況。

在香港開車，駕駛席在右邊，台灣則在左邊。遊客來寶島，第一個最強烈的印象，往往來自有點「亂」的路面交通。在繁忙時間，會有義務交通警在馬路中心指揮交通，對香港人來說簡直匪夷所思。

有外地人曾站在信義區的路口，觀察台灣的交通規則，結果經過二十分鐘，他還是理不出頭緒，就此得出一個結論：

「台灣的交通規則就是毫無規則。」——他真是答對了。

這個世界就是沒天理，衝紅燈的行人通常無事，被撞死的，往往是遵守綠燈過馬路的途人。尤其在台灣，如果我某一天沒看見車子衝紅燈，拜託，我那一天一定撞邪了。

不知是否台北市交通規則的特別設計，行人瞧著綠燈過斑馬線，總是會有汽車在行人身邊疾速碾過。每當有朋友來台灣，我對他們說得最多的叮嚀乃是：

「過馬路要小心，台灣的綠燈都是騙人的，只是參考用的。」

「機車」[1]是台灣最多人使用的代步工具。台灣人叫「騎車」，騎車很快的人叫「飆仔」。一架機車的載客上限是兩人，但我見過最多有五個人同坐一車——父母各夾著一個孩子，母親再用襁褓揹一個嬰孩。

但這不是重點。重點是鐵騎士們以高速在路上星馳電掣，在車與車之間左穿右插，簡直已到了雜技表演的境界。

機車在台灣的普遍性，已去到一個在超級市場買得到的程度。如果看過台灣藝人羅志祥和楊丞琳代言的機車廣告，應該不會感到陌生。

當我表弟第一次來台灣，他看見近百輛機車組成的壯觀陣容，引擎聲隆隆像滾

1/即香港人俗稱的「綿羊仔」。

翻了的熱鍋，他忍不住雙腳發抖，誠惶誠恐地問：

「這麼多機車……不是在第三世界落後國家才會出現嗎？」

每個初訪台灣的香港人，都會有跟他一樣的感覺，接著吐出一句台灣人最討厭聽到的禁語：

「台灣真的好像大陸！」

表弟像個嬰兒一樣，花了五分鐘，跟我學習如何過馬路。

過了馬路之後，路旁有一灘已乾涸的血跡，不遠處還有一個碎裂的鐵騎士頭盔。我已司空見慣，語氣平靜地說：

「小事而已。根據台北市政府公布的數字，一年的交通事故死亡人數不超過一百……通常死不了的，最多是變成植物人。」

結果，在表弟住訪的一星期之內，我倆一同目睹三起交通意外，都是和機車騎士有關，一個昏迷，一個爆頭，一個斷手，手肘倒垂勾出了不可思議的角度。

親身經歷果然是最好的教育，表弟徹悟了生命可貴的道理，回到香港，每次過馬路都變得步步為營。

在高雄市某條公路上，有一塊電子布告板，定時更新在台灣發生的車禍數目和死亡數字，大有警世的作用。

我總是無法忘記，第一次看見那塊板時感到的心寒。

§ § §

因為台灣的計程車都是黃色的，所以有「小黃」的別稱。

我在阿達的計程車內，盯著窗外高速飆過的機車，忍不住發出這樣的感慨。

「有時候，我真佩服你們這些開計程車的人。」

〔而我沒說出口的心聲就是：「你們其實屬於高危行業。」〕

阿達笑呵呵地說：「習慣了就好了。機車都會怕車，會主動躲開我們。撞在一起，你覺得是他們會死還是我會死？『小黃』就是道路上的王者，很多開車的人都不敢與我們爭路。」

他說得很有道理。難怪我看過兩宗新聞，開計程車的老大遇上車禍糾紛，總是可以及時由駕駛座下面抽出鋼鐵球棒……

台灣的小黃都是惹不得的，只有香港的紅色小巴司機才能與之匹比。

「機車這麼危險，為甚麼政府不立例禁止？」

「機車方便嘛！在市中心，很難找停車位。而且汽車這麼貴，有燃料稅又有牌照費，窮人家哪買得起？如果人人都開車，台北市豈不是塞車塞死了？」

說起來，台北市的捷運在一九九六年才通車，而香港的地鐵早在一九七九年已經通車。當城市發展到一定程度，就需要興建安全的大眾運輸系統，一次運載大量乘客，減少公路交通的負擔。

§ § §

「我發誓，我一定不會在台灣開車。」

我剛剛來台灣時，看見亂糟糟的交通，暗自亂發誓。

在我認識E小姐之後，為了方便和她約會，我決定豁出去了，又再發一次誓：

「我發誓，之前我發的誓無效。」

於是，我開始在台灣開車了。

男人為了愛情，別說是開車，連開飛機也可以。

經過兩年來險象環生的歷練，我的開車技術真的有了飛躍性的進步。人果然要在絕境中受壓迫才會成長，正是古諺所云：

「置之死地而後生。」

E小姐也有駕駛執照，但她膽小，從不開車。老實說，我也沒膽坐她的車，有次叫她開車給我看看，她竟然弄錯了煞車和油門，令我嚇死了不少腦細胞！

「妳的駕照是用美色換回來的嗎？」

「我考駕照時撞倒了三角錐[2]，不會停車，考官還是給我PASS。下車時，他還和我比手勢，GIVE ME FIVE呢！」

「……」

我無言之際，問清楚，才知道台灣考核駕駛執照的制度不夠香港嚴格。以路試為例，香港的駕駛者必須開到公路上，由考官評核駕駛者面對真實路況的表現。而在台灣，路試竟然只是在駕駛學校的場地舉行！

〔我猜，台灣的交通實在有危險，考官為了保命，根本不敢讓考生開到外面的馬路。〕

§ § §

回想我在香港的駕駛執照，可是千辛萬苦才拿到的，重考了三次。在加拿大的時候，以為外國的駕駛考試很容易過關，這個想法卻證明是大錯特錯。

在加拿大安大略省考駕照，按照政府規定，要到駕駛學校接受二十個小時的駕

2／即香港人俗稱的「雪糕筒」。

駛教程。那二十個小時都在課室裡度過，簡直是煎熬，但總算讓我學到很多正確的駕駛知識，譬如「RIGHT OF WAY（道路優先權）」的觀念，對當時的我來說是前所未聞的。所以，當你經過加拿大的馬路，你也許會驚訝，無論如何車子都會禮讓行人。課程中，導師又會播出可怕的真實車禍影片，讓每個人了解輕忽駕駛的禍害。

加拿大安大略省和澳洲一樣，採用「GRADUATED DRIVER LICENSING SYSTEM」，一個人通過筆試之後，就會得到一張「學習駕駛執照」，也稱「G1駕照」。如果他參加了正規的駕校課程，八個月後就可以參加路試。路試的考核項目非常仔細，我當年只不過在十字路口少了左右望的動作，考官就扣掉我三十六分。

通過路試之後，就可以得到「G2駕照」，可是這張駕照是有期限的，任何人都必須再通過一次更全面的路試而合格後，才能得到「FULL G駕照」。

簡單來說，就是在拿到駕照後，還要再考一次，由兩個不同的考官來核准你有安全駕駛的資格。

多虧了在加拿大接受的訓練，我每次開車都抱著「如坐針氈」、「芒刺在背」的態度，一旦覺得自己分神，就會掌摑自己一巴掌。抵達目的地的一刻，我都有死裡逃生的感覺，鬆了一口氣。

要趕那七分鐘，還是想晚個七天回家呢？這個「七天」，聰明人應該想到了，就是「頭七」的意思。

正常人不會故意殺害與自己毫不相干的人，但報紙裡的交通意外讓我們知道，常常有駕駛者因粗心大意肇禍，害死陌生人，毀了別人的家庭。

就算你酒後駕駛撞死三個人，相關刑責有上限，就算法官重判，你坐牢的刑期大約是六年——大大少於所有受害者及其親人的人生總和。

但你餘生都要活在內疚之中。

我有時會納罕，平日溫文有禮的台灣人，怎麼一開車就變了樣？道路上有一種暴躁的氛圍，也許上班族積聚的壓力，都要宣洩在烏煙瘴氣的車龍裡。

著名文化人龍應台[3]女士在《沙灣徑25號》[4]一書，寫道：

「在香港和台北之間穿梭多了，就看見了兩個城市明顯的氣質差異：台北有一種慵懶散漫，顯得從容閒適，香港有一種劍拔弩張，認真而緊張。在氣質後面，似乎藏著不同的信仰：在台北，沒有規定不可以的，就是可以。在香港，沒有規定可以的，就是不可以。」

這簡直是一針見血的真知灼見。

「台灣看起來很亂，卻很好玩。這就是『亂中有序』。」

3／龍應台，一九五二年出生，台灣著名作家，台北市首任文化局局長、中華民國文化部首任部長。

4／全書名為《龍應台的香港筆記——@沙灣徑25號》，二〇〇六年出版。

阿達當初就是這樣介紹台灣的。

台灣的紅燈要等很久，有時長達兩分鐘。

在綿延的車龍中，偶然會有戴著笠帽的苦命人在行車道穿插，向車主兜售白玉蘭花。這樣很危險，根本就是亂來的，但執行人員默默認可這些窮人的掙錢手段。

我和阿達都有這樣的習慣，總是拉下車窗，掏出二十塊，幫這些人買一串玉蘭花。

賣玉蘭花的販子無懼危險，到了綠燈，又會匆匆衝到馬路旁。

玉蘭花掛在車頭，芬芳馥郁，滿車就有一天清新的幽香。

§ § §

從開車這回事，可見一個城市的氣質。

世上最美的美女，也不是人人都會一見鍾情。我會說，你有甚麼樣的氣質，就會被甚麼樣的城市吸引。有些人嚴肅，有些人貪玩，有些人怕熱，有些人怕冷，而這個可愛的地球都會有你的容身之所。

〔很明顯，我就是屬於喜歡亂來的那種人。〕

內湖 63 台北車站
TAXI

輸在終點

如果你告訴台灣人你是香港人，他們都會覺得你很有錢。

初來台灣之時，有個美人姐姐對我說：

「三十歲的男人，一個月能賺五萬以上，算得上是高薪，可以過上不錯的生活。台灣人的薪水，一般都是三萬左右。」

即是說，月入港幣一萬三千元，在台灣就能當上等人？

我當時極度置疑，但之後認識了其他台灣人，問過他們，才知道大部分台灣人的薪資都處於不先進地區的水平。

很多專業的藥劑師、化驗師和護士，工作二十年以上，平均月薪也只不過是港幣一萬左右。

相比台灣人，香港的大學生起薪點高出兩倍以上，難怪台灣人都羨慕香港人。

無疑，香港是賺錢的天堂，如果你有方法有手段，真的可以賺很多錢。

正如美國荷李活是電影人夢想之地，香港是金融鉅子大展拳腳的金融中心。難怪香港的中學生爭著唸商科，以加入投資銀行為人生目標。

§ § §

「計程車司機一個月可賺多少？」

我問過阿達這樣的問題。

「我每天工作十二個小時，加上經常接載熟客去機場，一個月大約可賺四萬台幣，算是不錯的了。」

他頗自豪地說。

後來，我認識了一些大出版社的人，聞說一個工作經驗豐富的主編輯，月薪居然只有台幣六萬〔**港幣一萬五千元**〕。

我在香港，只是一個窮人，但我來了台灣之後，真的覺得自己鑾富有的。

每當我不高興時，就去問樓下的保安人員：

「你一個月的薪水有多少？」

然後我就會充滿自信，覺得自己的人生充滿希望。

我覺得阿達是萬事通，有甚麼問題都會向他請教：

「台灣人的薪水怎麼這麼低？」

「沒辦法啊！經濟不景氣，大學生太多了。有一年台灣教育改革，甚麼技職學院都升級成為大學，幾乎每個人都是大學生。教育這麼爛，有錢人的子女都到外國升學。」

哦……難怪我聽說大學有一門學科，是專門學修水管的。

我曾翻查過資料，台灣的大學錄取率竟然有 120% 左右（**入學人數 ÷ 同屆考生人數**）……多出來的百分比，就是將海外來的學生算進去，諸如此類。相比之下，香港的大學升學率不足 20%。[1]

§ § §

「如果你將來有孩子，你會讓他在香港還是台灣唸書？」

阿達知道我很喜歡台灣，有可能在這裡落地生根，所以有此一問。

這個問題，我也想過。

以我過來人的經驗，香港曾經有很卓越的教育制度，為社會培育出不少人才，香港亦有數所蜚聲國際的大學。

但我聽說朋友的兒子，由三個月大就開始要準備考幼稚園。

現在的孩子真是進步神速，他們三歲時的履歷表比我的履歷表更厚。

不知道是不是真的，我朋友說，他兒子唸幼稚園的學費比他唸 MBA 更貴。

1／可參考 OVERVIEW.HK 網站有關「香港學生入大學比率」的統計資料。

我真的覺得很不可思議，也覺得現在的父母和孩子很可憐。

香港不愧是金融之都，每個香港人都很會計算，錙銖必較，在利害交關的時候，半分情面也不留。

家長很怕吃虧，為了保住孩子的競爭力，天天處於備戰狀態，所以孩子亦天天處於「軍操」狀態，行程「滿檔」，連假日也要上才藝班。

贏在起跑線，又如何？

在四百米跑的徑賽中，太早衝刺的人，很難保持均速跑完最後一百米。

在中、長距離的徑賽項目，勝敗的關鍵不在起跑，而是你在跑道上堅持的毅力、速度和爆發力。

我敢說，人生是一場長達六十年以上的徑賽。

人生最終的勝利，不是視乎你起步的位置，而在你是否圓滿到達終點。

這就是我在田徑場上學到的智慧。

贏在起跑線，輸在終點線，這樣的例子我看過不少。

台灣的教育近年亦出現翻天覆地的轉變，實施「十二年國教」[2]，前途未卜。

2/「十二年國教」是「十二年國民基本教育」的簡稱，台灣由二〇一四年起，將九年國教延長至十二年。

教育乃一國之本，有甚麼樣的學制，就會產生甚麼樣的人才。

如果政府沒有先見之明，看不透將來的趨勢和社會結構，就會釀成人才錯配的局面，某些行業人才過剩，某些行業職工短缺。

愛因斯坦說過：

「教育，就是當一個人離開學校，把所學的知識忘光之後剩下的東西。」

我覺得，品德就是這樣的東西，品德未必會令你事業很成功，卻會令你人生很成功，做一個問心無愧的人才會快樂。

我在重寫《書虫的少年時代》時，曾引述了這一句話。

§ § §

阿達的工作很自由，有時候會休假半天，帶女兒去玩，往海灘闖，往山上跑。他只給女兒上鋼琴班，除此之外，沒安排她上甚麼興趣班，也沒給她開發甚麼腦潛能。

他教女的方法，如果看在香港家長的眼中，一定會造成心理恐慌。

阿達有他自己的一套：

「我最近在網上看過一篇文章——有一半左右的諾貝爾獎，都是由德國人獲得。德國的教育很成功，為甚麼呢？原來德國人的教育原則很有趣，他們的法律禁止過早開發孩子的智力。孩子在小學前的『唯一任務』就是快樂成長。即使孩子有能力，小學教師也不允許他們學習額外的課程。」

他說的文章，我也讀過。

我以前曾修過一門叫「教育心理學」的學科，說到過早的發展會使孩子的大腦變成了計算機或者硬盤，腦細胞太早定型，就無法發展其他潛能。

父母當然想自己的孩子聰明過人，而他們的評核準則，就是看自己的孩子能背多少英文生字，又能否超越其他同齡孩子，做出複雜的數學計算。

可是，心理學確實有研究指出，太早強迫孩子接受知識，會破壞他們的想像力和自主思考的能力。

§ § §

回想童年，我真的無憂無慮，天天都在玩。

我總是趁著上課時間，雙手在抽屜裡動筆，做完一整天的家課。

回家總是看卡通、打電玩和砌模型。

這樣的我還是名列前茅，真是沒天理。

父母懶得理我，不會強迫我學甚麼，只有在小四至小五這兩年，幫我請過補習老師。

過了兩年，補習老師說我已追上他的水平，他再無東西可教我，便提出請辭，我在此之後就沒有再補習了。

我讀書不算勤奮，升上中學，也是天天都在玩，通常都是在考試前一天才開始用功。

打籃球、打麻將、參選學生會……

我小說裡的靈感，都是來自當時的生活。

懶散的讀書態度終於帶來惡果，由於我不夠努力，所以只能考上香港大學，而考不上哈佛大學和劍橋大學等名校，至今本人仍引以為憾。

不過，也是由於太過放縱和自由，我才開拓了自己的天賦，愛做白日夢，相信有夢想，所以才走上作家這條不歸之路。

我曾假設，如果我自小接受壓迫性的教育，我無法發展腦細胞的想像力，我就未必擁有成為作家的基礎條件。

透過課程，不停考試，可以培育出工程界和金融界的人才。可是，具創造性的人才，並不是硬邦邦的教育制度可以培育出來的。

〔還記得「創造性破壞」一詞[3]嗎？我們需要「具創造性破壞力」的人才，可是這種人相當罕有，但只要出現幾個，就有可能改變國家的未來。〕

母語、英語、數學、通識教育……全部都很重要。

可是，重要性凌駕於這些學識之上的教育，就是「品德的培養」。

我們可以用鑄模的方式，來栽培出一百個科學家，但假如這一百個人的品格有問題，容易受到慫恿和利用，失卻辨別真理之心，助紂為虐獻身邪惡……這種教育不僅是失敗的，而且對社會充滿危害——

在第二次世界大戰期間，有些科學家順從希特拉，但有些德裔科學家反對納粹，後者成為了拯救世界的力量，其中一個著名的偉人就是愛因斯坦。

最重要的教育是「品德」。

可是，我敢打賭，你在世上大部分學校的課程綱領，都找不到這樣的科目。

因為這是人性中最美好的東西，和世上大部分美好的東西一樣，都是無法被量化，亦無法評分，更不可透過強硬的方式傳給下一代。

小孩和年輕人，都是從父母、朋輩、老師……或者公眾人物的身上學習，建立

3/請參閱本書〈忘不了的〉內容 p.142。

一套根深柢固的價值觀。

現在的小孩，就是將來的成年人，他們將會是政府和商界的領袖。

有「現代管理學之父」之稱的彼得·杜拉克特別強調：

「領導者必須正直。」

這是挑選高層管理人最重要的條件，人品修養和能力同等重要，否則對企業以至社會，只有百害而無一利。

唉……我這幾年觀看社會時態，常常深有所感——當人人讀大學的最大意義都是為了賺錢，這是好事嗎？

§ § §

我對阿達說出我的想法：

「雖然台灣的教育很爛，如果我將來有小孩，我還是會讓他在台灣讀書。至少我在台灣遇見的中學生，他們都懂基本的禮貌，在公車裡會讓座，知道要尊師重道。大部分台灣人接東西都會用雙手，但我在香港幾乎看不到有人這麼做。我覺得台灣的孩子比較單純，就算我的小孩成就有限，我也希望他是個品德高尚、有禮貌、善良的好人。」

阿達微笑以對，有感而發：

「我想起了以前一個同學。他讀書成績非常優秀，年年考第一，所有人都對他有很高的期望，覺得他長大後會做出很驚人的事。」

「結果呢？」

「他現在在獄牢裡。」

「噢？為甚麼？」

「他真的做出很驚人的事——他為了爭奪博士學位的位置，在競爭對手的飲水機下毒……」

改變未來

「放棄銀行的高薪厚職，不感到可惜嗎？若繼續留在銀行工作，將所賺到的錢捐出來，這樣不是能夠幫助更多的孩子嗎？」

「最初，我自己也有如此盤算，希望找到一個志願的人——一個既勇敢又善良又懂得資源管理、既不介意奔走貧窮農村又不懼怕愛滋病、既敢於擔當又能持之以恆、既有智慧又具慈悲心的人——那麼，我便可以專注賺更多的錢，去資助有需要的人。」

「尋尋覓覓，結果，最後我還是決定要親身力行……我不能等。愛滋遺孤更等不了。」

§ § §

以上對話，出自杜聰先生的著作——《愛在村莊孩子的心裡》[1]。會有這本書，乃因為編輯朋友的關係，邀請我和其他作家聯袂，為這本書掛名推薦。

出版之後，編輯朋友贈書一冊。

1／杜聰，智行基金會創辦人。一九九〇年代後期，因走訪華中地區而認識到內地愛滋病疫情，遂開始關注愛滋病患者面對的困難及中國農村的貧窮問題。《愛在村莊孩子的心裡》一書記錄了他走訪中國華中地區受愛滋病影響農村的第一身經歷感受。

當我看見書首的推薦序由白先勇[2]先生所寫，才知道自己獻了醜，丟臉丟到書局去了。

在簽名支持頁上聯名簽字的人，有姚明、謝霆鋒……我是最弱的。

當E小姐看了我的簽名，差點笑到進入急症室。

§ § §

過去半年我去機場，都是直接開車過去，跟阿達見面少了。

周末，阿達突然致電給我，問我：「南港有甚麼好餐廳？」

我亂答一通：「我家。我媽媽『煲了湯』，廣東老火湯，你可以上來喝湯。」

阿達的臉皮夠厚，他當真，我也真的請他上來我家坐一坐，打發下午的時光。

我家裡沒有玩具，也沒有電玩，客人一覺得無聊，我就會帶他參觀書架。

阿達從書架上取下杜聰先生的書。

杜聰先生畢業於哈佛大學，二十九歲就成為銀行副總裁。他縱橫金融界，夢想是成為「華爾街出色的銀行家」。

2/白先勇，一九三七年出生，當代台灣著名作家，中國國民黨高級將領白崇禧之子。曾出版多部著作，包括《寂寞的十七歲》、《台北人》、《紐約客》等。他亦是崑曲愛好者，對其保存及傳承不遺餘力。

一次偶然的遊歷，他到訪農村，目睹垂死的父親，因為太窮而賣血，因為賣血而感染愛滋病，留下十歲的遺孤。

孤兒的眼神遺留在他的腦海。

二〇〇二年，杜聰先生改變了初衷，丟下了「最初的夢想」，放棄了金融事業，全身投入智行基金會的工作。

親人、朋友和同事，一致反對他的決定。

其中反應最大的，是他的母親——她比誰都關心自己孩子的將來。

「我當初供你去哈佛讀書，不是讓你出來做義工的。」

為人子女，聽到母親這句話，可以如何反駁？

§ § §

如果我不是作家，如果我不喜歡讀書，就會錯過人間這麼美好的故事。

我向阿達簡介這本書。

他留神地聽著，忽然激動，豎起大拇指，聲如洪鐘地説：

「我最佩服這種人！社會有更多他這種人，就會變得更美好！這本書可以借我嗎？我二十歲的時候，全心全意參與社會運動，也走過跟他差不多的路。」

「社會運動？」

有了話頭，阿達才談起他自己的往事。

§ § §

阿達三十歲的時候，幫舅母的弟弟做了擔保人。可是舅母的弟弟跑路，背棄家人，逃出台灣，不知所終。

舅母一家和他都受到連累，欠了一屁股債。

阿達本來就很窮，沒有積蓄，當時簡直泥足深陷，就算申請破產，仍然會有黑道上來討債。

屋漏偏逢連夜雨，阿達的女友懷孕了，令他灰心喪氣，非常擔憂未來。

由二十歲到三十歲，阿達的青春都獻給了社會運動，他幫助農民爭取權益，收入來自到處演講，生活十分不穩定。

他沒有專業證照，毫無職場的工作經驗，但他畢竟是個樂天的傢伙，想到自己還有一架車，噴漆成黃色，就去當計程車司機。

「哦……原來背後有這樣的故事。」

「自己選擇的路就要自己承擔，咬緊牙關撐下去。」

阿達接著叫我打開電腦，連到YOUTUBE的網站，輸入關鍵字，竟然找到和他有關的影片！

影片中的年輕阿達，戴著頭巾，唱著悲壯的歌，振臂高呼，帶領農民向前遊行。

我深受震撼，想不到阿達會有如此熱血的一面。

「所以我很了解這本書作者的感受……很多人都覺得，我現在努力賺錢，等我賺夠了之後，才去幫助有需要的人不遲。可是，我非常確定的說，這些人最後都不會冒頭，他們的錢永遠賺不夠。他們一旦有了自私的想法，就再也不會為毫不相干的人付出。」

我點了點頭，贊同阿達的說法：

「我做這一行，也常常接觸很多有志成為作家的人。他們都想實現作家夢，但他們最後都會對現實低頭。他們覺得，寫作的收入太微薄了，他們要等生活無憂之後，才全心全意創作……太計較得失的人，結果都會放棄。我算是異種，能熬下來，不枉我當初義無反顧走上作家之路。我不計較金錢上的回報，才發現寫作為我帶來無數超越金錢的回報。」

阿達說到，當初他參與社運的時候，母親非常反對，也因此而流淚。

有一天，一個受過阿達幫助的農民送禮上門，滿腔感激之情，阿達的母親看在眼內，終於對自己的兒子展現了笑容。

她開始主動問他的活動，去聽他的演講。

這時候，我剛好翻到書中的第二十頁，杜聰先生聽完母親的話，還是堅持，如此回答：

「將來的事我看不見，但現在的事，我不能看了當不見，見了又不管。」

§ § §

阿達跟我分享了社運的事，由於我忘得七七八八，難以轉述，又擔心有誤，只好提過不提。

但我很記得阿達這番話：

「我外公以前在《ＸＸ時報》工作。我可能受了外公的影響，敢怒敢言，很有正義感。我接觸過很多農民，他們受欺壓，都只會啞忍，不會主動爭取自己的權益。他們覺得一直啞忍，環境就會改變，但很多時候，周遭的環境只會變得更糟。又或者，他們覺得坐著，就有其他人站出來，替他們爭取改變……但通常事與願違，到頭來只會愈來愈糟。」

聽到這裡，我馬上由茶几玻璃面底下，取出一本商業雜誌。

這一期的專題講述近年多了年輕人離開台北，回鄉種田。他們在大學裡學的東西也不是白費的，譬如做過推廣的業務員，懂得包裝農產品，創造新的價值，直銷給顧客。

一包烏魚子，日本人以低價向台灣的養殖場收購，再以十倍的價錢在日本超市出售。第二、第三產業剝奪了第一產業的利潤。但如果養殖場的主人懂得經營，整合產業鏈，就可以脱離被剝削的命運。

台灣有一家連鎖超市，叫「全聯福利中心」，不少鮮肉和蔬果都是直接向農民採購，避免中間商的層層剝削，利潤直入農民的口袋。

不知是不是受了「開心農場」[3]這電子遊戲的影響，台灣人開始到訪觀光農場，直接購買農產品。我媽曾在台東「池上米」[4]的總部，買了三十公斤米，叫我幫她揹回台北的家。

社會發展出這樣的市場模式，全靠曾經有熱心社會運動的青年當推手，令農民開始醒覺。

當大家滿腦子都在想著如何發財，想著買房子的事，卻有像阿達這一種人，心

3\\「開心農場」（Happy Farm）是一種虛擬農場遊戲應用程式，玩家在遊戲中扮演農民，在虛擬農場中「種菜」、「賣菜」及「偷菜」，賺取農民幣與滿足感。

4\\「池上米」之產地位於花東縱谷最高點，海拔高度在二百六十公尺以上，灌溉水源自中央山脈的新武呂溪，含豐富有機礦物質，水田土壤肥沃，故能產出享譽全國的特級良質稻米。

思都在別人身上，都在盤算如何幫助弱勢社群。

阿達身邊的朋友畢業之後，都在職場掙扎，存到錢買房子，薪資年年高升……

而阿達自己，年過三十，勉強結婚生子，買不起房子，靠開車糊口……

如果他把投入社會運動的青春，統統投進自己的事業，他應該可以過上安逸的生活，給家人更好的經濟環境。

「每個自私自利的人——包括我——都一定難以理解你年輕時的選擇。」

「哈！我可不後悔，無怨無悔。我的人生一點也不失敗。雖然我現在有了家庭，有了很多顧慮，但在社會需要我的時候，我還是會拋頭顱灑熱血，披荊斬棘站出來。以前的我是個熱血青年，現在的我也是個熱血青年。我還清債務之後，還會繼續自己的夢想。我的社運團體是解散了，但我們的意志感動了許多年輕人，令他們加入社會運動。有時我會以過來人的身分，給他們意見，薪火相傳，台灣的未來才有希望！」

§ § §

第一次看見阿達，我就覺得他與眾不同，溫文有禮的目光中，有一團永不熄滅的火。

他的憤怒是理性的憤怒。

我見過很多怒漢，他們對社會充滿不滿，口誅筆伐，卻光是嘴巴厲害而已。光是痛罵、投訴和抱怨，而沒有行動，只會令我們周遭的世界變得更糟糕。不是每個人都適合參與社運，但我們還是可以成為支持者，決定自己在社會上的角色。

有時候毋須犧牲，亦可以做出貢獻。

假如社會是一台巨大的機器，我們都是不同的部件，各有各的價值。先進的部件和簡單的部件同樣重要。

缺少某些部件，機器就無法好好運作，會故障頻生。

而我們不僅要確保自己是好的部件，還要關心其他部件的情況；否則，其他零件壞掉，將會導致整台機器崩潰，最終任何人都無法獨善其身。

§ § §

聽完阿達的故事，我也不禁問自己：

「你能為自己的國家做甚麼？」

我不擅長說話，也不喜歡鬥爭，毫無社會運動的經歷。

要說我唯一特別的才能，又勉強能引起別人的注意，好像就只有寫作。可是我的寫作領域不廣，僅限於寫小說、分享感想。政治評論那種社會性文章，我絕對沾不上邊，也寫不來。

我可以寫小說，這就夠了。

透過故事，我還是可以將自己的理念傳給讀者。

別人從我的書中獲得感動，正如我曾從別人的書中得過感動一樣。

大人嫌我幼稚，不看我寫的爛文章，我覺得沒所謂，只要年輕人願意讀就好了。

我無法改變大人們根深柢固的價值觀，但我希望可以感染未來的一代，他們就是希望，就是將來的大人。

這亦是我寫作的意義之一，這是一份可以改變別人的職業。

我能力有限，但只要我的讀友之中，將來能走出一個領導和改變世界的偉人，就算本人仍然囊中羞澀、身分低微，我亦會為自己的一生感到無悔和自豪。

為了追尋夢想，為了維持生計，我來到台灣，這裡低廉的房租物價造就了適合作家的理想環境。

（當然，少不了到處都有的咖啡店，我每天平均去三間咖啡店。台灣的咖啡店

一般都提供電源插座，空位很多，不會趕客人離場。」

我相信每個人都有改變未來的力量。

也許，有一天香港會需要我，當我成為更加厲害的名人之後，我會重返香港，憑著在外地的體驗，想出治好香港的藥方。

只要一直寫下去，就會有答案。

我相信我的讀友，正如他們相信我一樣。

在他們的身上——

我看得見希望。

{ 毋忘初衷，莫失初心 }

編按：以下兩篇文章作者書寫於二〇一七年初春

白色巨債

——台北產子記

「嗶」的一聲響起，門上的智能電子鎖亮起綠燈。

眼前是約四百平方尺的獨立套房，有兩張棉白色的大床，還有一張灰色的沙發椅式長床。近門處有一張辦公桌，而近窗的角落有張吧檯，由吧檯開始延伸的外牆是環景的落地窗，水漾的陽光透過紗簾濺進來，灑滿柔色的木地板。

驟眼一看，浴室裡是全套L'OCCITANE的盥洗用品，一側是TOTO的全電動免治馬桶，另一側是沐浴間，設有方便洗澡的浴椅。

四十寸以上的液晶電視、衣櫃、冰箱……一應俱全。如果只看圖片，一定令人以為是五星級酒店的客房。

房間裡有股溫馨的氛圍。

自二〇一三年九月二十日起，E小姐已經晉升為黃太太，在二〇一六年的六月，她更升級成為黃媽媽。

當她還在床上酣睡，我就像個充滿好奇心的寶寶，到處探索這間私人套房裡的設備。

原來睡床是可以升降的電動床，方便媽媽哺乳。

後來，我才知道天花板有遙控升降的捲簾，當媽媽哺乳時，可以遮掩門外的視線，免得出現尷尬的場面。

我最感到好奇的是窗邊那張 COMBI 的電動搖籃，一想到剛出生的兒子可以躺在這張床上當模特兒，我心裡就樂了，暗中興奮不已。

眼前的一切都很夢幻——儘管這裡是醫院。

醫院眾多科目之中，只有婦產科才會常常出現笑聲吧？

我又看著床上的內子，心中又喊了一聲：「謝謝。」

回想當天早上，在高速公路上飛馳，匆匆趕到產房⋯⋯

真是捏了一把冷汗⋯⋯

§　§　§

在香港產子和台灣有甚麼分別？

抱歉我只有一個台北老婆，在香港沒有二奶，所以不了解香港那邊的情況，所以無從比較，只能分享在台灣的所見所聞。

以我所知，台灣和香港的產前檢查項目都差不多，基本上都是驗血和超音波檢查等等，只不過台灣這邊會做得比較頻繁，幾乎每次看診都會照超音波。每次內子做超音波檢查，我都會很期待，因為醫院會給我超音波的照片留念。如果下載醫院的 APP，還可以看到肚中胎兒的 3D 影像錄影。

在台灣，不論是公共醫院，或者是私營醫院，健保局[1]都會支付一定數額的補助，如果不做額外的檢查項目，似乎都不用怎麼花錢。

很多香港人初來台灣，看見台灣亂糟糟的交通狀況，都會以為這裡是個比香港落後的地方，醫療質素及不上香港。

而真相是……根據英國媒體《TELEGRAPH》的調查報告，縱覽世界各國，台灣的醫療品質在全球數一數二，甚至超過日本，而且民眾負擔的費用極度低廉。在健保制度之下，人人都看得起醫生，不會因為做一次手術而變得一貧如洗。

相比之下，香港的醫療品質只在中間平均線的位置，其醫療費用亦相對昂貴。台灣醫療能用這麼低的價格，卻做出這麼高的品質，簡直不可思議。

到底是怎麼做到的？唔……

真相並不光采……醫生和護士都是廉價勞工，醫療制度剝削了他們的權益。醫生和護士的薪水有多低，相信很多外國人聽到了都會咋舌，所以有人說台灣的醫療之光其實都是淚光。

在台灣，公立醫院和私營醫院分別不大，收費亦相差無幾，民眾都能以健保的資格就診。不過，部分私營醫院會提供額外的醫療項目，所以收費可能稍為貴一點，

1／全名為「衛生福利部中央健康保險署」。

貴亦貴在病房的質素。一般而言，私營醫院會有較多的單人房，但即使在公立醫院，病房都是以兩人一間的格局為主，共用一個浴室，而病床旁邊會有一張陪睡床（通常是很窄的沙發床），方便患者親人在旁照料。

由於是第一胎，我們一家人都很重視，所以選擇了一間台北市很有名的私營婦產科醫院。

準媽媽懷孕大約第七周左右，即是照到胎兒有心跳的時候，醫生都會給準媽媽發一本《媽媽手冊》。這本手冊由政府印製，內容涵蓋懷孕期間和產前的注意事項，手冊到手的一刻，就真的有種要當媽媽的感覺。

之後每次回診，準媽媽都要帶著這本手冊，醫師或護士會在手冊上記下檢查結果，包括準媽媽的各項健康指數和胎兒的狀況。

除了這樣的用途，這本手冊還可以用來換很多贈品。譬如台北市每一季都會舉辦婦幼展，帶著手冊登記，就可以免費進場和換領贈品。雖然大都是試用品，但全部收集起來，還真的可以省掉好多錢。現在這邊還很流行寫 BLOG，台灣媽媽都愛分享，我看過一篇名為〈媽媽手冊換領贈品超強懶人包〉的攻略文章，簡直歎為觀止。

雖然名為《媽媽手冊》，但如果老公疼老婆的話，也要好好讀一遍這本手冊，幫忙注意懷孕期間的生活細節。

幸好我有好好讀過一遍手冊，才知道產前要準備待產包。臨盆前一個月，我就買齊了大部分待產用品，整個手提袋擱在窗台，以備急時之需。

人算不如天算，沒想到這個待產包真的派上用場。

在趕往醫院產房的早上，我順手一牽就出門。

§ § §

自然分娩還是剖腹？

相信很多準爸爸和準媽媽，都會為這樣的事而煩惱。

台灣的醫生比較建議自然分娩，自然分娩的費用亦比較便宜，幾乎一生產完就可以出院，而剖腹產的媽媽要在醫院逗留三至五天。如果是自願性的剖腹產，其手術費用不會在健保的涵蓋範圍之內。

可以的話，當然是選擇自然分娩。

不過，由於內子生過一場大病，她顧及自己的身體狀況，就選擇了剖腹，我亦很支持這個決定。

台灣人十分迷信，正如某些港爸港媽一樣，都會選時辰剖腹。老實說，我也有點迷信，既然選擇了剖腹，就不妨選個好日子，反正就算不準也不是壞事，準的話就可以讓孩子有條好命。

我曾做過一件有點白痴的事，就是寫信向台北市一位玄學師傅查詢擇時辰的收費。結果一收到回信，我的心就涼了一截，收費是台幣八千，算出來又要等十年廿載才知道準不準，所以我最後還是打消了找師傅的念頭。

之後，我到圖書館借了一大疊術數的書，打算自行鑽研八字和紫微斗數。翻來翻去，到了頭昏腦脹的地步，都是看不懂。

不過，我得出一個結論：沒有一條命是完美的，人生總有缺陷。超級厲害的強人命，往往六親不睦。有的命事業運不錯，財運不錯，感情方面亦美滿，偏偏就是短命種，百病纏身容易暴斃。就算有的一生順遂，最後子女不肖，亦會抱憾而終。正如已故國學大師季羨林[2]所云：「不圓滿才是人生。」

再者，根據王亭之[3]大師的說法，剖腹產的時辰未必是真正的時辰。只要時辰有差，一條好命隨時變成壞命，所以他質疑那些幫人擇時辰的江湖術士如何做準。

想過了後，我就不再執著，一切聽天由命好了！

2／季羨林（**1911.8.6~2009.7.11**），生於山東省清平縣，中國語言學家、文學翻譯家、史學家、教育家。學貫中西，有「當代中國學術大師」之譽。

3／王亭之，一九三五年出生，紫微斗數（中州派）、玄空風水及中國畫家。一生用功於佛學，編譯四套叢書共六十餘種，致力宣揚如來藏義理，廣受國際佛學界注目。

在孕期最後一個月，我們終於做了決定，剖腹的日期定在七月初，按照醫生的建議，該日子會比預產期早了十天。

幸好沒有花錢找人算時辰，否則就會變成冤枉錢。

相信過來人都會有這個感覺：「預產期很不準！」

早了十天還不夠，小兒急不及待，要當一個六月寶寶。孕期最後一個月簡直是噩夢，當母親真的不簡單，晚上都睡不好。陪在內子身邊，我也習以為常，不覺有異。但當天凌晨五時，她吵醒了我，說肚子很痛，整晚都痛得睡不著。

「快去醫院！」

家母提醒之下，我倆才傻乎乎的出門，趕往醫院的產房。

一到達產房，做完檢查，護士竟説快要生了！羊水一旦破了，就來不及剖腹。明明台灣的生育率那麼低，不知是甚麼怪原因，打後兩個小時都排滿了進產房的孕婦，好幾個嬰兒都要趕在同一個時辰出生。

還好，我沒憂心多久，救星就出現了。

在護士叮嚀我填表格之時，有個高大的男人出現，看來只是四十多歲，笑容和藹可親，自信滿滿，向我交代了一些情況。原來他是接生醫師！我如夢初醒。有了他的保證，我頓時如釋重負，安心打電話通知家人過來。

後來，我才知道這位醫師本來熬夜值班完畢，剛好我們趕來，他就決定延遲下班，親自幫我們接生。

我一轉身，當然立刻上網查一查醫師的履歷。

醫師姓林，他是醫院的院長。

§ § §

剖腹產要開刀，以防傷口感染，爸爸不能進產房陪產。

隨著響徹全層的娃娃哭聲，我的手心捏出了冷汗。

我站在手術室外等待，等了十分鐘左右，手術室的門開了，有個護士抱著嬰兒出來。

當我衝出了數步，瞥見裹住嬰兒的包巾是粉紅色的，就立刻想到那是個女寶寶。護士喊出媽媽的名字，與我無關，我便停住了腳步，沒有做出丟臉的事。不過我還是與女嬰的爸爸打個照面，道賀之後，便溜到一邊。

沒等多久，產房裡又傳出一聲更響亮的哭聲。

我和家人湊上前，由我抱住寶寶。

粉藍色的包巾。

紅腫腫的寶寶。

小雨果就這樣來到了世上。

哭飽之後，他在我的臂彎裡打了個大呵欠。

由林院長親自接生，這個寶寶絕對是好命。此外，他選對了時辰出生，該時普通的單人房爆滿，結果我們「被逼」住全醫院最貴的「總統套房」。

本來以為高枕無憂，我預料可以在六月底趕好新書，好整以暇迎接新生命的降臨……但小兒提早出來，儘管只差那幾天，亦令我措手不及，歡喜之際，亦要硬著頭皮在醫院裡熬夜趕稿〔**幸好醫院是廿四小時營業，育嬰室外有雅座及自助茶水吧**〕。當時出版的書是《校園怪人列傳》，我在該書的後記亦有提及「一疊稿件一把屎」的經歷。

住院期間，我真的有股錯覺，覺得自己是住在酒店而不是醫院。醫院的專業護理師一直關心內子的狀況，教授育兒哺乳的心得，一天三餐都是補品佳餚，一切服務無微不至……寫到這裡，我不禁懷疑這是一篇廣告文。

出院的時候，賬單來了，雖然不算便宜，但我覺得物超所值。加上健保的補助，最後我付的錢，就和香港私家醫院的價格差不多——不過是九十年代的價格。我自問在香港應該只是中下階層，連我都覺得不貴，應該就是不貴了。

§ § §

台灣人是幸福的，因為人人都可以享受廉價的醫療服務，不會因為窮而看不起醫生。

健保的保障範圍甚至覆蓋留學生、外傭及居留人士，這一點真是慷慨，展現出儒家仁愛的精神。

可是，很多人都說健保有破產的危機，按照衛生福利部的估算，預計在二〇二〇年左右就會資金枯竭。

正如所有醫療福利優厚的國家，台灣亦有同樣的問題，就是入不敷出，醫療方面的債務滾出一個大雪球。

健保費一個月大約港幣二百，而這是一個「自助餐吃到飽」的制度，只要民眾支付了「基本月費」，看西醫、中醫和牙醫幾乎都是免費。回想你吃自助餐的情景，是不是會吃得比平常多？同樣道理，健保之下，民眾很容易會濫用醫療資源。

政府一直很想提高健保的收費，可是民眾的薪水長期停滯，所以政府只好把燙手山芋扔給了醫院，財政壓力由醫院承擔……即是給院方只夠買豉油的錢，卻要讓民眾享受燒鵝的滋味……既然不可能開源，就只好節流，拿醫生和護士來開刀，「共度時艱」。

可是，這樣一來，隨著醫護人員的流失，醫院又要付更多錢才能挽留員工，結果又是一個惡性循環。

保得太多，卻繳得太少……

稍為會算術的小學生，都會知道這筆賬目有問題，寅吃卯糧，虧損的資金就會漸漸形成黑洞。

再這樣下去，健保就逃不了破產的厄運，遭殃的就是下一代，民眾回到以前那個看不起病的時代。

§ § §

事後，我才知道，林院長幫我們接生的當天，正值他飽受困擾的日子。他捲入影響醫院聲譽的糾紛，要上電視節目，和當事人當面對質。

根據新聞，當事人在醫院接受產檢，醫師已告知有流產危機，結果胎兒真的流產。但當事人覺得醫生不夠盡力，直接告之流產亦不近人情，所以在網上抱怨申訴，結果掀起了風波。

當我看著電視裡林院長忍住怒氣的樣子，我只想到他那隻溫暖的手掌，當時的溫度彷彿仍然留在我的掌心上。

醫生賺很多錢，這句話未必錯，但我敢說台灣的醫生沒有賺很多錢。要唸醫科有多難，請你翻一翻那疊厚得巨塔一樣的教科書，就會知道醫生不是隨便唸唸就能畢業的職業。

而醫護人員都要接受四年的訓練，以我所知，台灣一個職業護士的薪水大約只有香港同等工種的四分之一。

台灣給醫生和醫護人員的回報太少了。

在台灣，很多醫生真的只是為了理想而撐下去。

坊間就有這樣的說法，諷刺失衡的健保制度：

「開剖腹產比割盲腸的錢還少，接生開刀跟痔瘡開刀的價錢一樣。」

結果醫科生都不想當婦產科醫生，婦產科成了台灣醫療界「四大皆空」的科別之一。

當醫生得到的回報這麼少，還會隨時因為醫療糾紛而挨告……將來還有誰要當醫生？

雖然醫生是受薪的職業，但醫生有醫德，願意關心病患，甚至犧牲自己的私生活時間……這些都是超出他們的職責範圍，往往都得不到任何報酬。民眾亦只會吹毛求疵，卻不存感激之心，醫護人員總是淪為出氣的對象。

醫護人員都是人，他們都需要鼓勵。

母子離院前，我寫了一張答謝卡，上款就是「林院長」。

§ § §

我看著育嬰室裡的小雨果。

到了他這一代，各國都可能因為債務危機而大亂……就算世界即將崩潰，我也希望擁有可以保護他的力量。

我可以很自私地過活。但除了我，世上還有許多父親，或者母親，希望自己的下一代活在更加美好的社會。

移民也許是一個辦法。

但改變身處的社會，才是更加好的辦法。

我該做的就是改變這個社會，哪怕只是綿力，該做的就要去做。

就是多虧了貪婪和自私的大人，社會才會變得千瘡百孔，如果連我也加入這個骯髒的圈子，成為這樣的大人……這樣的社會還有救嗎？

不要成為自己孩子瞧不起的大人。

好不好？

島嶼天哭

——歷史是一張摺起來的紙

二〇一四年三月，台灣發生了一場載入史冊的學運。[1]

那年春天，熱血的抗議者擠滿了凱達格蘭大道，大道的盡頭就是總統府。

「太陽花」是學運的象徵物——

「希望能照亮黑箱服貿，也期盼台灣未來能如太陽花般，迎向太陽。」

二〇一四年十月，香港也爆發了一場公民抗命運動，規模之大前所未有。

抗議者身穿黑上衣，繫著黃絲帶，分別在金鐘、銅鑼灣及旺角等佔領區設下路障。

由於抗議者大都以「雨傘」來抵擋警方的胡椒噴霧，所以外媒稱此公民抗命運動為——

「UMBRELLA REVOLUTION（雨傘革命）」。

兩者看似毫無關連，卻又像一脈相連，同樣以黃色為誌。

「太陽花」與「雨傘」，留下了銘印一般的回憶。

1／這是「太陽花學運」，又稱「**318**學運」，是指在二〇一四年三月十八日至四月十日期間，台灣大學生與公民團體佔領立法院的社會運動。事件緣起於台灣有民眾不滿國民黨政府與中國大陸簽訂的《兩岸服務貿易協議》（簡稱《服貿》）在程序上跳過審查而直接送當地立法院存查，參與抗爭者遂佔領立法院議事廳，數十萬民眾集會聲援，滅火樂器團為其創作《島嶼天光》一曲。

香港人到台灣旅行，中正紀念堂站的自由廣場是冷門景點。

§ § §

在一九九〇年的時空，同一個地方，同樣是三月，曾有數千個學生團團盤著腿靜坐，爭取民主政治。

經過連日來的風餐露宿，他們已身心疲累，仰望著暝色如一的夜空，感到空前的迷惘，未知這樣的僵局還會持續多久。六天後，又一個看起來一樣的晨曦，曙光卻泛起不一樣的異采。李登輝先生掌權之後，出乎預期之外，與學生一方促成一場真心的談判，竟然令台灣和平邁向了民主社會的新里程。[2]

但是，台灣人都知道，功勞並不僅歸於這些學生，並同時歸於由過去抗爭至今的前人，尤其在「二二八」[3]和「美麗島事件」[4]的犧牲者，以至為言論自由而自焚殉道的鄭南榕[5]先生。

2／這是「野百合學運」，是指在一九九〇年三月十六日至三月二十二日期間，台灣學生發起的一場社會運動。近六千名台灣大學生集結在中正紀念堂廣場上靜坐（現已易名「自由廣場」），提出民主改革訴求，最後學生與時任總統的李登輝達成共識而撤離廣場，結束為期六天學運。

3／註釋見〈忘不了的〉p.138。

4／註釋見〈忘不了的〉p.138。

5／鄭南榕（1947.9.12~1989.4.7），台灣政治人物，發行《自由時代週刊》以批判時事，提倡實現全面的言論自由及台灣民主化。一九八九年四月七日，鄭南榕為了堅持百分百言論自由，於雜誌社點燃汽油自焚身亡。

蔣氏家族掌權的年代，戒嚴三十八年，白色恐怖無處不在，民主和言論自由是遙不可及的夢想。那時期的台灣一黨專政，與現在的中共政權不遑多讓。曾有多少個母親，為她們被囚禁在「綠島」[6]監獄的孩子們，長夜哭泣？

「二二八」，之後是「美麗島」，最後終於開出了漂亮的「野百合」。「野百合」的成功，該感謝昔日失敗播下的種子熬過了風雨，茁壯成長。

時光來到了二〇一四年。

在「野百合」學運結束後的第二十五個年頭，台灣的年輕一代再次走上街頭，佔領立法院，甚至衝擊行政院。

這是個躁動的時代，台灣社會並不太平，青年人感到生活艱難，年輕人更感到前路茫茫……「反服貿協議」只是導火線，將一直深埋民間的怨氣引爆。

根據台灣《今周刊》二〇一四年四月做的調查，二十到三十五歲的年輕人對未來充滿憂慮，佔受訪人數最高的兩大憂慮就是「低薪」和「高房價」，反而「政府政策過度傾中」只是排在第五位的憂慮。可見在「反服貿」的議題背後，藏著更深層次的原因。

§ § §

6/ 註釋見〈忘不了的〉p.139。

二〇一四年是特別的一年。

在「太陽花」學運發生後的半年，香港也爆發了一場意外的政治運動，抗議者爭取的是「真普選」，即是真正屬於他們的希望和未來。

「地產霸權」乃香港根深柢固的社會問題，香港青年人和少年人表面爭取的是選舉權，實際上，或許，他們爭取的是公正公道的社會秩序，而在這個制度下窮人不會受欺壓。

要是人人安居樂業，哪有人會湊熱鬧去靜坐？

像個流浪漢一樣露宿街頭，這樣的苦事很好玩麼？

§ § §

二十年前，我讀書的時候，天天只顧著玩和唸書，根本不會關心政治，幾乎沒看新聞也沒讀報紙。因為我相信，只要我專心做好學生的角色，發憤圖強讀書上大學，社會就會給我美滿的回報。

直到我大學畢業，由於我的行業並非金融業或其相關產業，又沒有投機取巧買股票，我才發現沒有物業的自己難以留港生存，一氣之下，才到了台灣展開人生的新一頁。

近幾年，當我發現十六、七歲的小伙子都在談論政治，我就知道這次嚴重了，社會問題不但沒有解決，反而像個雪球般愈滾愈大。

香港是全球最富競爭力的地區。

與此同時，香港也是全球貧富懸殊最嚴重的地區。

由一九九〇年至今，香港的「堅尼系數」一直超過0.5的水平，屬於貧富懸殊高度嚴重的經濟體。根據二〇一一年的統計數字，在全球一百七十多個地區之中，香港的「堅尼系數」是0.537。

數字要比較才有意義，0.537這個數值，環觀全球，只有十個國家的貧富懸殊情況比香港更糟糕——萊索托、博茨瓦納、塞拉利昂、南非、中非共和國、納米比亞、海地、洪都拉斯、贊比亞及危地馬拉。上述國家當中，其中七個都是非洲國家，沒有一個屬於已發展國家。

如果「愛穿比堅尼人口指數」位列世界第一，我會以香港為榮；但如果是「堅尼系數」這樣的指標，排名愈高，香港人只會覺得蒙羞吧？

一個「堅尼系數」和非洲諸國等級相約的城市，制度嚴重不公，貧窮一代傳給一代，房價高漲已到了「暴政」的地步。假如你還是沒有覺得不妥，那是因為你從來沒有在意那些飽受剝削而不吭一聲的可憐人；又或者，你從來不敢想像自己的生活應該更好。

再重申一次：香港的「堅尼系數」早已超過0.5的警戒線。外人很難想像一個如此繁榮的城市，竟然是全世界貧富最不均的發達地區之一。你可能來自富裕的家庭，而在你看不見的地方，有些弱勢的人正在受苦，活得毫無尊嚴，廣東道的經濟繁榮無法給他們帶來絲毫好處；沒有爸媽當靠山的年輕一代看著高昂的樓價，只覺得那些是超現實的數字遊戲，但他們被逼參與，要當奴隸。

和台灣新生代的困境一樣，警方在「雨傘革命」擲出了催淚彈，只是點起了爆發的導火線，真正的成因在於背後不公平的制度和市民的怨氣。

歷史告訴我們，就算不是「佔領街道」這樣的「暴行」，其他同類的事情都會發生，如果沒有解決，就會愈演愈烈。

那個風聲鶴唳、烽煙四起的十月，不停傳出中央政府要下令鎮壓的謠言，可幸最終都沒有發生，亦沒有人因此而喪生。在這裡要說句公道話：中央政府沒有重蹈覆轍，由此可見這個政權還是有機會改變的。

事隔近三年，我終於可以好好整理當時的感受和回憶。

不過，僅僅三年，也許根本不夠，要更久才能看得透。

歷史是一張摺起來的紙。只有在將來回顧，你才看得見攤開來的真相。

§ § §

很多大人都很忙，尤其在香港，朝九晚五如同癡人説夢。很多大人接觸社會的方法，無非是電視報紙和網上資訊。前者是成年人和老年人接觸資訊的主要渠道，後者對年輕人的影響無孔不入。

外國傳媒的立場必然是支持普世價值，這一點可能和香港人一貫的價值觀有衝突。但會看 CNN 和 BLOOMBERG 的香港人應該只佔少數，這些新聞都是給外國人看的，此般的學生運動在外國人眼中並不算駭人聽聞，外國的示威暴動可恐怖得多，沒砸玻璃沒燒車才怪。外商不會因為這場佔領運動而撤出香港，反而是二〇一六年的「銅鑼灣書店事件」[7]，才真正驚動了外商，令香港的金漆招牌搖搖欲墜。

滑一滑手機，或者打開電視機，盯著螢幕破口大罵——這樣當然輕鬆。一切紙上烽煙，都不如親身面對來得真實。

在佔領運動發生後不久，我由台灣回去了香港一趟。

我認為佔領街道不是百分之百正確的事，也是一個勝算不高的賭局，但既然事情已經發生了，我只想坐在孩子的身邊，陪他們一同承受命運。

7／「銅鑼灣書店事件」是指於二〇一五年十月至十二月期間，該書店員工及股東相繼失蹤的案件。基於銅鑼灣書店售賣及出版大陸禁書，惹起懷疑大陸公安越境來港執法之嫌。

這件事必定載入香港歷史，我不想下一代問起我在哪裡，而答案是「電視機前面」。

唯有坐在跟示威者一樣的地方，處於同一樣的高度，仰望著同一片夜空，才知箇中辛酸。否則，如果只是看著新聞畫面，你只會看見鏡頭下的暴民。

§ § §

近代的民運大都是由學生主導。

為甚麼？

當然是學生沒有家庭經濟壓力，閒著的時間比較多。

因為學生比較熱血，體力比較好，願意赤手空拳去對抗龐大的國家機器。

學生胸懷浪漫激情，無法接受社會的不公不義，而不像大人那樣，對一切不公義的體制習以為常，默默逆來順受。

單是這三點，我覺得已經可以解釋大多數參加者的動機；至於甚麼「受外國勢力煽動」、「收受金錢利益」、「毒蘋果吃得太多」……在我眼中只是「欲加之罪，何患無辭」。

整場運動最令我感慨的一點，就是大大撕開了社會的裂縫，將擁抱兩種價值觀的人逼迫到敵對的位置。

在不少老百姓眼中，經歷過艱辛歲月，香港的繁榮是得來不易的成果。對他們來說，香港是一片福地，是一個家，是一個終老的地方。

然而，在某些人的眼中，香港只是一塊大餅，一個淘金的金融中心，或者是一片爭奪權力的政治戰場。

可惜老天無眼，偏偏最後遭殃的受害者，都是最愛香港的人。

那些警察、佔領的學生……我願意相信，他們都深愛著香港，但他們偏偏變成了互相仇恨的對象，NO MERCY AT ALL。

如果有個公平的投票機制，讓兩派意見分裂的人投票，少數服從多數，或者會有個令眾人折服的裁決。無奈當時抗議者要爭取的東西，偏偏就是不容妥協的機制，即是「真正的民主」。這簡直就是一件自相矛盾的事，等於一個人要舉起自己的身體一樣，在物理上絕對不可能（**超能力者除外**）。

相對香港的佔領運動，台灣的「太陽花學運」比較「溫和」，沒有留下太大的瘡疤和仇恨。

這種內部的爭吵固然令社會內耗，但你會看到，每當社會上出現不義之事，都會有人挺身而出，不平則鳴，擇善固執，力爭到底。

學運期間，台灣各大傳媒壁壘分明，有支持服貿的取向，亦有反服貿的立場。如果你想看警察打學生，可以轉台到A台，想看學生衝擊警察，就按B台好了……還有C台、D台芸芸……每種意見都有宣訴的空間。

天佑台灣，大多數行動都有實際成果，一意孤行的政黨不得不下台。

就是這種公平的制度，使公義的力量舒張，維繫了整個社會的價值觀，替每個市民出了一口惡氣。

就算人民真的選錯了，至少也是人民自己的選擇，不得怨天尤人。

事後，台灣政府沒有對學運人士咬著不放，非要將煽風點火的年輕人送進監牢不可。行政院長林全撤告126人，認定學運是政治事件，而非法律事件，應以「多一點和諧、少一點衝突」的原則從寬處理。

在我看來，「太陽花學運」的結果比較正面，這一場學運甚至喚醒了溫室中長大的青少年，令他們開始思考，真正關注政治和社會。這場學運帶來的影響力亦直達二〇一六年的選舉，人民自決未來，導致國民黨大敗，民進黨全面執政。

§§§

香港是安居樂業的福地。

很多老一輩的人經歷過文革那樣的悲劇，失去了抗爭的勇氣。這些人承受了怎麼樣的折磨和痛苦，局外人很難感同身受，但這些人只想平平凡凡過完這輩子，享受苦盡甘來的清福。

「太陽花學運」佔領的地點是立法院，因為那裡是通過「服貿協議」的議事廳。但是，在香港那邊，佔領區都在交通樞紐，將不相干的市民扯入這場紛爭之中。所以，我們必須承認，佔領街頭是非常激烈的抗爭手段。重點在於社會是否願意犧牲這樣的代價，來賭一局取勝機會偏低的輪盤。

有些不願意賭的人也被逼下注，這場運動確實是對不起他們的。

正如我在這本書的序言所述，「保持沉默」也是一個選擇。

不過，沉默並不會令一個人置身局外，在時代洪流之下，無人能夠倖免，選擇沉默的人亦要接受共業一般的宿命。

「在政治中，服從就等於支持。」

這句話引自漢娜．鄂蘭（HANNAH ARENDT）的著作——《平庸的邪惡》。

第二次世界大戰之後，納粹政權倒台，軍官阿道夫（ADOLF EICHMANN）逃到了阿根廷，之後被逮補，送往以色列受審。

阿道夫做了甚麼惡行？他只是一個平凡的軍官，秉公處理公文。不過只要當他在文件上簽名，就有一批猶太人被送上火車，開往集中營準備受死。在阿道夫身處的年代，納粹政府立下眾多歧視猶太人的惡法，所以阿道夫認為自己所做的工作，並非甚麼劊子手的角色，而是執行法令的人民公僕。

阿道夫除了是個守法的人，亦是親人和旁人眼中的「模範好人」，沒有親手殺過一個人，也沒有害人的念頭，他所做的一切只是服從上級的命令，而服從應該是一種美德。何況，就算不是由他來簽紙，由其他人來簽紙，那些猶太人亦是難逃劫數。

所以，阿道夫宣稱自己無罪。

結果？他被判死刑。

漢娜．鄂蘭採訪完畢，回到美國，寫了一篇報道，「平庸的邪惡（BANALITY OF EVIL）」這個名詞就此出現。

像阿道夫這種人，他們並非大奸大惡，但行為的後果可能很嚴重。阿道夫也沒有做錯，但與同時代的納粹黨員一樣，他們都沒有勇氣去反抗上頭的命令，只像機器一樣執勤，哪怕是惡法也要為虎作倀。

在政治壓力下，我們都以為少管閒事，或者坐視不理，抱著這樣的鴕鳥心理就能全身而退。

直到我們或者身邊的人成為悲劇角色，其他人都只會當成看戲一樣，不會伸出援手，隔岸觀火，甚至發出幾聲嘿嘿的嗤笑聲。

現在無痛無癢的小市民，倘若有一天成為了受害者，他們就會知道自己有多麼無助，旁人冷眼以待，就如同過去他們沒有幫助過的弱勢受害者一樣。

這樣的社會就是活生生的地獄，因為那是一個人性泯滅的地方。

假如，有一天，香港變成一個這樣的地方，這個香港就不再是我們現在認識的香港。

§ § §

以我觀察兩地的民運，如果問我接下來的路要怎麼走，我的答案就是靜待時機。

假如民主成為大多數人共同追求的目標，只要大家仍然抱著這樣的信念，時機一旦來臨，一切將會水到渠成、瓜熟蒂落，一切就像小朋友學會走路那般自然。

反之，如果眾人覺得有沒有民主也無關痛癢，民心所向，大勢所趨，一小撮人強求民主亦是徒勞。

儘管，有人說，香港人爭取民主，這麼多年也沒死過一個人。

但，人類歷史上，的確出現過不流一滴血就成功的革命，這就是發生在昔日捷克斯洛伐克的「天鵝絨革命」[8]。再遠一點，十七世紀，英國的「光榮革命」[9]亦沒有人命傷亡，卻成功實現了一場政變。

也許，香港根本不需要改變。

只要香港繼續繁榮，大多數人就很滿足了，對捱過苦的老一輩香港人來說，富足乃做人的最高原則。

簡而言之，大多數香港人相信的主義，就是「資本主義」。問題是，「資本主義」能否真的帶來大眾的幸福？

到頭來，人類可能會發現 GDP 只是一場「騙局」——由於 GDP 的計算公式，對於重視「面子工程」的國家來說，為了讓世界驚歎，就會鼓吹基建和房地產，只要 GDP 一升，就能建立政績，哪怕這樣做可能令國家朝錯誤的方向發展。而 GDP 最為人詬病的一點，就是只能反映整體的經濟情況，卻忽視個人能分享的經濟成果。

雷根總統有個「下滲經濟學（TICKLE-DOWN ECONOMICS）」的理論，認為只要富人在貿易中賺到錢，錢一變多，就會慢慢流入普羅大眾的口袋。這番話是

8／「天鵝絨革命」是指於一九八九年十一月發生在捷克斯洛伐克的一場民主化革命。由十一月十七日起，一連八日捷克斯洛伐克的民眾上街進行反政府大型遊行。結果，捷克斯洛伐克沒有經過大規模的暴力衝突而實現了政權更迭，被冠為「天鵝絨革命」。

9／「光榮革命」是於一六八八年到一六八九年間，發生在英國的一場和宗教有關的非暴力宮廷政變。事件中英國國會中信奉新教（英國國教會）之黨人聯合起義，將信奉舊教的詹姆斯二世國王罷黜。由於這場革命沒有任何人命傷亡，故有「光榮革命」之稱。

不是很熟悉？沒錯，這亦是鄧小平同志主張的「讓一部分人先富起來」。

可是，你問一問老闆願不願意把賺到的錢分給你，你就知道這個理論可能與現實脫軌。

盲目追求GDP，到底會不會引火自焚？我不是經濟學者，恐怕未能回答這麼深奧的問題。

我只知道，為了追求經濟繁榮，我們犧牲了很多原則。

當社會變成一齣荒謬劇，錯的變成對的，我們就會噤聲不語，如同默劇裡的角色，底線愈來愈退讓。

一九九七年的時候，我們聽到「五十年不變」，只會覺得很遙遠。到了今年，已過了將近二十年，我們才驚覺時間一眨眼溜走了。

我總是想像：五十年後，香港會變得跟中國大陸一樣，還是中國大陸跟得上香港的社會步伐？我們的下一代會活在一個怎樣的社會？是自由開放，還是和內地接軌？

如果共產黨證明它那一套行得通，勝於西方諸國，我們到時候就要順從，正如順應歷史的潮流。

但——我只是妄言——有一天香港人的利益受到徹底出賣，人人蒙受其害，這樣的結果反而證明了民主的可貴。如果我的烏鴉嘴成真，這就是民主的勝利，間接證明沒有民主就沒有民生。

香港會不會有真正的民主？

坦白說，我不知道。

但我對香港人有信心。

就算我等不到，我的子孫也一定等得到。天時地利人和，最好的時機一定會出現。

大前提是民主有其價值，而我們的世界亦沒有因為大變而毀滅。

在這樣的時代洪流，我們感到無力，就像逆水行舟，但就算前景再黑暗再絕望，我們也要抱著堅定的信念。

在威權面前，一個人的反抗有如以卵擊石。

我們可能都只是雞蛋。

但一百萬隻雞蛋，還是可以把大人壓死的。

我們所做過的事，所走過的路，所流過的血、淚和汗，最後都絕不會白費。因為我們曾經燃燒過自己，發出過照亮社會和未來的光輝。

抗爭有用嗎？

這個問題，我卻有很明確的答案：一定有用！

歷史上大多數人禍悲劇都是日積月累的後果，要阻止悲劇又怎麼可能是一步登天的事？

所以，關於抗爭有沒有用，也許直到今天都看不出來，但總有一天我們將會恍然大悟。

「歷史是一張摺起來的紙。只有在將來回顧，你才看得見攤開來的真相。」

只要做我們認為有價值有意義的事，哪怕再笨也好，世界也會因為我們而默默改變。

哪怕社會將我們撕裂，哪怕這是天大的傻事，至少可以證明，我們的血是暖的。

就算會失敗，我們還有下一次，下下一次……

只要一小步、一小步……

朝著最終的目標邁進，五十年後，或者一百年後，民主的夢想或許就會實現。

我們這一代做不到的事，亦要保住火炬，將它傳遞給下一代。

二十多年前，淒風苦風下，天安門聚集的孩子，自由廣場聚集的孩子……現在，終於輪到我們了。

千千萬萬看來是徒勞的抗爭，也許能換來絕無僅有的一次成功——

這樣就夠了。

｛後記｝

世上沒有所謂的沒有希望。
墳墓，都是由人挖出來的。

在我小時候，香港是世上最好的地方。

移民的人去了，回流的人更多，令我們這一代人確信，世上沒有地方比香港更好。花無百日紅，香港的經濟卻愈來愈好，樓價和經濟產值屢破高峰；人無千日好，香港依然寸金寸土，彌敦道都是賣金的店舖。

八十後出生，我們這一代的人，成長在一九九七年回歸之前，畢業在千禧新紀元之後。

我出生在一九八〇年，七十年代的移民潮剛歇，香港一度成為大陸同胞的避難所。我爸，十三歲就來了香港，曾當漁民，經營工廠，五十多年的人生都在獅子山下度過。對他來說，於我而言，香港就是根。

這裡有無數屬於我的回憶。

在廟街的夜市中，懷裡揣著一台卡式錄音機，聽流行一時的愛國歌曲。

我羨慕住在公共屋邨的朋友，到他們家裡玩，沿途有左鄰右舍的問候，家家不閉戶，閘縫裡總是流溢出羅文、梅艷芳、鄧麗君、張國榮……的歌聲。

影音科技一日千里，CD 淘汰了卡式錄音機，VCD 嶄露頭角，旋即又被 DVD 取代，新一代的年輕人不知道 LD 和菲林是甚麼。

那時候，香港是東方荷李活，周星馳一年有多部電影，每逢新戲上演，志同道合的同學都會相約去看，一大班人笑得肚子好痛。

聽到一段歌詞，覺得很有共鳴，一看填詞人的名字，就是霑叔寫的名曲。

晚晚都有《歡樂今宵》。

尖沙咀和彌敦道，都是香港人的天地。

昔日，在那迷濛的霓虹燈下，可能因為沒有冷氣，古道熱腸和熱血的人比較多。今日，在空氣污染和光害污染愈趨嚴重的香港，人心彷彿也受到了污染，浮躁而動盪不安。

不是每個人都有手機，也不是每個人都有電腦，當我在夢中敲著那台舊式**486**型電腦的鍵盤，一掀開眼皮醒來，世界就像變了樣，到處都是觸控平板電腦的外星人。

我的小時候，未必是最好的時代，卻一定是最浪漫和多情的時代，整個社會充滿朝氣和活力。

「香港」兩字，就是一種尊嚴，一種耀目的光環。

回鄉過年，看見爸媽向親友派送煙、酒等「富裕物資」，總有高人一等的感覺，儘管我和大部分香港人，都是蝸居在小小的住所，香港建築特色之一的窗台曾是我的睡床。

我的童年回憶由深水埗的板間房開始，在工廠區附近的幼稚園上學，在升上小學的時候，家人有了點錢，買得起自己的房子。

電腦和手機，還不是每家每戶都有的東西，但我的童年並不寂寞，因為每個家庭至少有兩個孩子，在兒童遊樂場陪我玩的朋友可多著呢。

那時候，遊樂場裡有鐵架，在眾多立體方格之中，我攀上了頂部，做過倒掛。

遊樂場外的馬路旁，總是擠滿流動小販攤，滿地都是黏著殘汁的竹籤。商場、街市大都沒有規劃，沒有管理，沒有空調，亂糟糟的，卻有很多值得流連的小店。

春節「沙炮」，中秋「煲蠟」，野孩子穿插在大街小巷。

雖然我是眾老師眼中的乖學生，操行評分 **A** 級，卻做過很多頑皮的事。誰叫我是人馬座的孩子，不愛受束縛。自小家裡的教育就是放牛政策，父母不管我，所以我會闖禍，會做錯事。

晴天雨天孩子天，小學校長訓誡過我，亦有老師用木尺打過我的掌心，那些都是陪伴我成長的痛楚，至今我仍感激他們打過我和罵過我。

如果讓我重新選擇，我仍會一如初衷，寧可當一株野草，也不願當溫室中成長的花朵。

中一開始，就要出外覓食，自己和朋友找餐廳，校方哪會替學生訂飯？那時候，我都很期待午休的鐘聲，跨步踏出校門，踩向那一片自由藍天下的世界。升中之後，我雖然還不是成年人，卻嘗到了自主的甜頭。

那年頭還未推行母語教學，大多數學生都唸英文中學，大多數學生的課本都是英文的。西方歷史科的 **MISS LAM**，根本不理會我們這班中一生的程度，講話又快又流利，一個個艱澀陌生的歷史名詞，就像彈簧一樣從她嘴裡吐出來。雖然不是唸名校，但我們班中的同學，都在暗中較勁，以聽懂 **MISS LAM** 的英語為榮，你聽不懂，只因為你不夠努力。

一轉眼，那個揹著卡通書包進校門的矮冬瓜，變成個手裡拿著單詞背誦卡的高材生。

我記得，曾經很痛恨《店舖》[1]這篇會考指定課文。在很多年後，當我長大了，重讀到這一段：

「當大街上林立著百貨公司和超級市場，我們會從巨大的玻璃的反映中看見一些古老而有趣、充滿民族色彩的店舖在逐漸消隱。」

我心中，不禁無限感慨。

中五會考，然後是高級程度會考，闖過兩大關，才能跨進大學的門檻。

中五會考之後，與同學分道揚鑣，見盡了落第者的悔恨，我們這些倖存者，更加珍惜餘下的兩年。

常言道：「高考的難度是會考的三倍以上。」高考生的痛苦也是會考生的三倍以上，熬過了，個人就會更加堅強。

我沒去補習社，但我考得比去補習社的同學還要好。整班同學很相信學校的老師。得到我們的信任，老師就更用心教我們，良性循環，道理就是這麼簡單。

1／《店舖》是作家西西的散文作品，內容講述作者在大街小巷裡尋覓香港的舊式店舖，描繪正逐漸被時代淘汰而消隱的古老店舖風貌。

那時候，在我們上課的時候，都可以做出很多意想不到的事。

有一次，生物課，全班二頭肌最發達的同學和吳老師比較臂力，各自捋起襯衫的袖口，就在實驗室的長桌上「拗手瓜」，全班同學都在吶喊助威，樂透了。

結果我們這班由吳老師教出來的非名校生，在同一屆高級程度會考，九成以上考獲C級以上的佳績。

我選了香港大學，是因為聽說，香港大學的校風最自由，放任學生盡情地玩，最合俺的脾性。

坦白說，我自問不是勤學生，那三年混得有點散漫，有時候缺錢，連課本也懶得買，拜託同學幫我影印。據學長說，以前他唸大學時更加輕鬆，一年只須考一次試。

就是這股自由的讀書風氣，讓我有閒暇創作小說，追尋自己的作家夢。

大學只唸三年，好像太匆匆，太急了。

但那是我很光輝的歲月，用一句香港大學的術語來說，就是「搏盡無悔」。每天都過得無比充實，最忙的時候，一個月只回家一次，睡眠不足四小時，滿臉青春痘，時光如濃縮的流水年華。

那短短的三年，生命亮得像火一樣紅。

後來我看見別人是怎麼虛耗四年的大學生活，我就有所感悟，慶幸自己曾有一段短促卻無悔的大學時光。

人再長壽也好，再富裕也好，但如果活得行屍走肉，生活沒有跌宕波瀾，沒有改變和感動，這一輩子就是白活了，枉來世上一趟。

以上所云，都是只屬於我們的時代回憶，無法與後起之輩接軌。

我不是甚麼菁英，但我是個幸運兒，可以走上作家這條路。

因為當作家，我認識了很多有趣的人，有的甚至是很了不起的名人。

也因為這獨特的職業，我才能來台灣生活。

可以說，作家這身分改變了我的一生。

我也曾經被生活壓得喘不過氣，可是我還是沒有失去追尋夢想的勇氣。

無論你多少歲，也不可以沒有夢想，不可以沒有勇氣。

我敢這麼説，乃因我是過來人，我的工作是香港人覺得沒有前途的工作，我追求的是有錢人不瞭解的精神生活。

但我的文字改變了我，讓我相信自我的價值。

做回自己，就會快樂，就會有光芒。

這個價值觀，就是我在台灣最大的得著。

世上沒有所謂的沒有希望。墳墓，都是由人挖出來的。

任何一國——即使是美國、日本和台灣……都有不為外人所知的弊病。與其隱惡揚善，不如自揭瘡疤，只有勇於正視不足，才會有改變的契機。

當人民的聲音團結起來，政府就必須聆聽人民的聲音。

人民在罵政府的時候，也在期待這個國家會變好。

沒有一個人是完美的，也沒有一個國家是完美的。

正如愛一個人，你不能只愛香港的優點，而不能接納其弊端。

儘管我在文中寫了不少對香港的針砭，但我始終相信，香港仍有很多可貴、可愛之處，在某些領域的成就無與倫比，堪可傲視國際。

浪子也會回頭，墜落的天使，也是可以救藥的——

只要在事情尚有轉圜的餘地之前。

眾志成城，誰說不能改變？

來台灣住了兩年多，我覺得，台灣也許就是香港的藥方——

人情味、精神涵養、正確的價值觀……擁有這些東西，做人才會快樂。

我有些朋友來台灣旅遊，往往會被一個陌生人的熱情和笑容感動，屢屢因為小店裡簡約的布置，或者一種懷念的味道，喚醒靈魂深處的某種感動。

今昔相比，對我來說，香港的過去沒比現在好，但我可以斬釘截鐵的說，過去比現在來得有人情味。獅子山下的精神，是奮鬥，是懷抱希望，是看見未來的曙光，也是互相體恤、守望相助的暖意。再苦，再窮，躺在床上的身軀再疲累，那一天也是過得很充實，心中有種莫名其妙的滿足感。

香港的自動手扶梯比台灣的快三倍。何必太急？停下來，靜下來，才會知道接下來怎麼走。

倒退未必是退步，也未必是壞事。

這是我渺小而荒謬的希望——

我希望香港回到我小時候那樣子。

天航

二〇一三年夏至

觀城記【增訂版】

作者——天航
封面設計——安、阿丁
內文插圖——April Yip
編輯——阿丁
出版——格子盒作室 gezi workstation
香港中環皇后大道中 70 號卡佛大廈 1104 室
電郵：gezi.workstation@gmail.com
臉書：{格子盒作室 gezi workstation}
發行——一代匯集
九龍旺角塘尾道 64 號龍駒企業大廈 10B&D 室
電話：2783-8102
傳真：2396-0050
承印——美雅印刷製本有限公司
出版日期——二〇一三年七月（初版）
二〇一七年六月（增訂版）
ISBN——978-988-78039-0-4

本書如有缺頁、倒裝，請寄到以下地址替換：
香港中環皇后大道中 70 號卡佛大廈 1104 室「格子盒作室」收

{格子盒作室 gezi workstation}